reinhardt

-minu

Die neyi Goschdym-Kischte

Mit Illustrationen und Kostümentwürfen
von Rose-Marie Joray-Muchenberger

Friedrich Reinhardt Verlag

© 3., erweiterte Auflage 2007 Friedrich Reinhardt Verlag, Basel
Erstauflage: Gissler-Verlag AG, Basel, 1974
Lektorat: Judith Belser
Druck: Reinhardt Druck Basel
ISBN 978-3-7245-1475-6

www.reinhardt.ch

Inhaltsverzeichnis

Vorworte　　　　　　　　　　　7–9

Goschdym

die Alti Dante	14
dr Waggis	16
dr Mässmogge	18
s Zyttygsanni	20
dr Bebbi und d Bebbene	24
dr Rhyfisch	26
dr Harlekin	28
dr Nachthemmliglunggi	36
dr Basilisgg	38
dr FCBler	40
e Buebeziigli	48
dr Grälleligranz	50
dr Ethnolook	52
s Däärtli	58
dr Drummelhund	60
d Pfyffer-Primadonna	62
dr Vogel	68
s Bliemli	70
d Häx	72
dr Muffdi	78
dr Altfrangg	80
dr Pirat	82
dr Venezianer und d Venezianere	88
s Blueme-Anni	90
s Junteressli	92
dr Pierrot	98
dr Dummpeter	100
dr Blätzlibajass	102
d Grytte	110
dr Ueli	112
dr Batzeglemmer	114
ohni Sujet	116
dr Stänzler	124
dr Domino	126
dr Fasnachtsdeyfel	128

e bäumig Sujet	136
dr Glaun	138
d Gryzgang-Gaischter	140
dr Buuredotsch	144
dr Käschperli	146
d Elsässere	148

Gschichte

Vogel Gryff – e jedes Johr im Jänner	10
Der Blaggeddeverkäufer	22
Der Heimwehbasler	31
Die Morgestraichnacht	43
s Schnäggeweggli	54
Das Prachtstück	65
Ausbruch aus dem Altersheim	75
s Schwöbli	85
Die gestohlene Trommel	95
Der feurige Goggelhahn	104
Vier Grad minus	119
La Gitane	130
Beziehungszoff vor dem Vieruhrschlag	142
Das Düpfi mit dem heissen Herzen	150

Vorwort

In den meisten Basler Familien gibt es irgendwo einen Kasten. Vielleicht auf dem Estrich. Vielleicht im Keller. Es ist ein ganz besonderer Kasten, einer, der mit alten Fasnachtskostümen vollhängt.
Manchmal verstaut man die Filzhosen, Taftröcke, Foulards und all den Giggernillis von Frau Fasnacht auch in einer grossen Kiste – in der Kostümkiste. Und eben die wollen wir für Sie öffnen, ein bisschen darin herumschneuggen, schauen, was sich mit den Jahren so alles angesammelt hat.
Das Ganze soll nicht etwa eine Kostümbibel sein. Vielmehr ein Leitfaden – um es im Nähkörbchenstil zu sagen.
Die Zeichnungen von Rose-Marie Joray-Muchenberger werden Ihnen vielleicht Ideen vermitteln, sie sollen Sie zum Schmunzeln anregen, sollen abgewandelt werden (denn Sie haben ja viel Fantasie) – sie sollen Ihnen ganz einfach ein wenig Freude machen.
Ob nun ein Waggis à tout prix einen roten Zinggen haben muss, spielt dabei keine allzu grosse Rolle. Man darf nämlich nicht vergessen, dass die Fasnacht, wie wir sie heute «feiern» (da es dem Weihnachtsfest nahe kommt, dürfen wir schon feiern sagen), noch gar nicht allzu lange in dieser Form besteht, ja dass in Basel auch einmal ein Prinz Carneval regiert und die gute Gesellschaft Basiliensis in der Narrenhalle ihren Kostümball abgehalten hat.
Es sind auch nur 100 Jahre her, als der Basler Mandolinenclub den Steinenberg hinuntergezittert ist – grell geschminkt, so im Sinne der Mainzer Hofgarde, kurz: Gar so schrecklich althergebracht sind die Kostüme wie Alti Dante, Waggis, Grytte und so weiter nicht, als dass man sagen könnte oder müsste: Ein Waggis ist nur ein richtiger Waggis, wenn…
Überhaupt, dieses «Richtig ist, wenn…» – das finden wir absolut falsch. Damit wird bloss die Fantasie getötet. Und Fantasie – davon lebt schliesslich die Fasnacht.
Doch wir wollen uns nicht verplaudern. Wir wollen die Kostümkiste öffnen – schon springen ein paar Figuren heraus: e Blätzlibajass, e Dummpeter –, aber bitte, schneuggen Sie nun selber.

-minu/Rose-Marie Joray-Muchenberger

Hans Räbers Räppli zum Buch Anno 1974

Es ist, wie wenn die Troika, die sich vor das entzückende Fasnachtsbändchen gespannt hat, vorher einen cleveren Werbefachmann interpelliert hätte. Wie wenn der stadtbekannte Journalist -minu, die gefragte Illustratorin Rose-Marie Joray-Muchenberger und der umsichtige Drucker und Verleger Peter Gissler sich nach einer allfälligen Marktlücke «im Sektor Basler Fasnacht» erkundigt hätten. Denn mit dieser Publikation ist wirklich eine Lücke geschlossen worden und das Buch hat erst noch eine dreifache Wirkung: Zum einen berät es Kostümbesessene mit seinem Rezeptcharakter «Man nehme», zum andern fasziniert es durch seine bestechenden, herrlich bunten Helgen und ausserdem wird der Leser mit fröhlichen und besinnlichen Fasnachtsgeschichten beschenkt. Es soll aber mitnichten ein Kochbuch sein! Denn wo ist man freier als in der Gestaltung von Fasnachtskostümen! Wo aber auch ist anderteils der Spielraum enger gezogen? Und so führt uns denn das Buch an der Hand die winklige Treppe hinauf bis zuoberst hin, wo der Fasnachtskleiderkasten unter dem niedrigen Dachgebälk steht und vor dem ein Tambour in seinen Kittel schlüpft (wie wir es auf der Fasnachtsplakette von 1964 sehen). Oder es geleitet uns zur Kostümkiste, dem alten Schiffskoffer hinter der Estrichtüre, neben dem eine wunderfitzige Maus «s Männli» macht und aus dem marionettenhaft ein Dummpeter heraussteigt (Plakette 1966).
Alle drei Verantwortlichen sind aktive Fasnächtler. Rose-Marie Joray-Muchenberger malt seit Jahren Fasnachtslaternen. -minu ist ein Gässler, wie er im Buche steht, der am liebsten einsam – allerhöchstens zweisam – hindedurelauft und mit dem herrlichen Vibrato seines Piccolos die Fasnacht beschwört. Der Verleger Peter Gissler schliesslich ist ebenfalls Pfeifer in einer kleinen Fasnachtsglygge und kennt sich kompetent aus zwischen Mehlsuppe und Bummelsonntagabend. Und weil alle drei Vollblutfasnächtler sind, ist der Band auch so herausgekommen, wie er jetzt vor Ihnen liegt. Da ist nichts dem Zufall überlassen. Und dass es trotzdem noch so leicht hingeworfen wirkt, dazu muss man schon Basler sein und mit einer fast krankhaften (Todes-)Sehnsucht auf den Montag nach Invocavit warten. Denn Invocavit heisst der sechste Sonntag vor Ostern, an dem unweigerlich um 4 Uhr morgens

das Hinübergehen in ein anderes Land beginnt. Jede Fasnacht ist ja irgendwie ein kleiner Tod.
Die Geschichten eignen sich vortrefflich zum Vorlesen. An zehn Abenden vor dem Schlafengehen je eine. Bis sie endlich da ist, die Fasnacht. Und dann fühlen wir uns gewappnet, vorbereitet, gewissermassen geimpft. Und trotzdem wird sie uns treffen wie ein Blitzschlag aus heiterem Himmel. In einem Augenblick, in dem wir überhaupt nie daran gedacht haben. Vielleicht wenn wir einem kleinen Maiteli, das dem Babbi auf den Achseln sitzen darf, als Vordrääbler ein Dääfeli geben und es ängstlich und beglückt zugleich die Hand nach uns ausstreckt. Oder wenn ein wundervoller Tambourmajor mit seinem Stock nach uns sticht, damit wir in der Menschenmauer wissen, dass er auch wirklich uns meint, und er dann mit einer Grandezza sondergleichen seinen Stock kreisen lässt, uns die Reverenz erweist. Oder wenn wir – die Trommel auf dem Rücken – todmüde heimwärts ziehen und es vom Münster Mitternacht schlägt. Und in der klirrenden Kälte ein einsamer Harlekin in hautengen Strumpfhosen an uns vorbeizieht. Vor dem schneeweissen Larvengesicht die eiskalten Hände mit dem Piccolo. Und wir – wenn er längst vorbeigegangen ist – innehalten und fragen: «Du, das war doch der Trauermarsch...?» In diesen Augenblicken trifft uns der Blitz, meine ich. Und so blitzt es auch aus den Seiten dieses Buches. E Blitz vo schwääfelgääle Räppli! Hingepfeffert und gut getroffen.
Und wenn sich einer aufmachen würde, um den Dreien zu ihrem Werk zu gratulieren. An der Fasnacht meine ich. Ihnen wortlos die Hand zu drücken. Dann würde er sie kaum finden. Denn sie tragen eben selber Kostüm und Larve, lassen sich vom heissen Hauch der Fasnacht anwehen und probieren ihr Buch am eigenen Leib aus. E Blätzlibajass. En Alti Dante. Und e ganz e glungene Grälleligranz.

Hans Räber, im November 1974

Vogel Gryff –
e jedes Johr im Jänner

Kaum dass die ersten Nadeln vom Weihnachtsbaum auf den Teppich rieseln und die letzten versteinerten Änisbreetli in den Milchkaffi getunkt werden; kaum dass das Christkindlein seine Weihnachtsgaben glücklich hinter sich und auf die Erde gebracht hat, die ersten Beschenkten jedoch bereits vor dem Ladentisch auftauchen und nach Umtausch schreien – zu dieser gemütlichen Jännerzeit also entdeckt man die ersten zarten Fasnachtskiechliberge in den Begge-Schaufenstern. Larven lächeln hinter Vitrinen und die Trommelschlegel können gar nicht mehr warten, vom Böggli auf das Kalbfell hinüberzuwechseln.

Zu dieser Zeit also, wo man sich den Vorfasnachtsvirus holt und das Fieber ganz langsam zu steigen beginnt, zu dieser Zeit erwachen auch die Kostüme der drei Kleinbasler Ehrenzeichen aus ihrem Sommerschlaf: der schwere, lederne Vogel Gryff, der rotbraune, übermütige Leu mit seiner frechen, zündroten Zunge und der hünenhafte, erdgrüne Wild Maa.

Es war im Jahre 1838, als die drei Gesellschaften «zem Häre» (Wild Maa), «zem Räbhuus» (Leu) und «zem Gryffe» (Vogel Gryff) das erste Mal gemeinsame Sache machten und beschlossen, den Umzug durch die Kleinbasler Gassen (und die sind ja schliesslich etwas ganz Besonderes, jawohl!) zusammen durchzuführen. Eventuellen Streitigkeiten wurde gleich vorgebeugt: Man beschloss, dass jedes Jahr eine andere Gesellschaft den Vorsitz führen dürfe. So kommt es, dass jeweils am 13. Jänner «s Räbhuus», am 20. Jänner «dr Häre» und am 27. Jänner «dr Vogel Gryff» das Zepter führen darf – ganz wie der Ehrentag eben fällt.

Der eigentliche Vogel Gryff beginnt natürlich bereits viel früher. Da sind Proben, viele Proben. Denn die Tänze, die diese Tiere aufführen, sind nicht einfach. Beim Wild Maa dominiert das Wuchtige, Unbeherrschte: Drei tiefe, ruckartige Verbeugungen leiten den Tanz ein, lassen einen Dämonen, einen Halbgott (der Fruchtbarkeit) vermuten. Die Tanne – in den Proben ist es ein Besen oder ein Stock – wird gedreht, das «Würzele» besonders geübt. Was am Tag des Vogel Gryff so leicht und natürlich aussieht, wurde hart und mit viel Schweiss- und noch mehr Weissweintropfen erarbeitet.

Der Tanz des Vogel Gryff, des an Gewicht schwersten der drei Tiere, ist entsprechend weniger wild, ja eher gravitätisch, vornehm. Dem gegenüber tanzt der Leu fast kindlich, lustig, aufgeweckt – ein Wirbelwind im Dreivierteltakt, der mit Daumen, Mittel- und Zeigefinger grüsst und schliesslich am Schluss auf dem linken Bein stehen bleibt (so er noch kann).

Doch wir müssen zum eigentlichen Ehrentag des Kleinbasels kommen, diesem Ehrentag, der für das Spiel mit einem zünftigen Zmorge beginnt.

Kennt man die Marschroute, die Anzahl der Tänze, die auf dem Programm, und nicht zuletzt auch die Anzahl der flüssigen Verköstigungen, die auf dem Tablett stehen, so versteht jeder, dass solche Strapazen gut untermauert werden müssen, um sie überhaupt durchstehen zu können. Das Beste: Lääberli und Röschti. So etwas gibt einen guten Boden. Und so kommt es auch, dass das Spiel sich schon in aller Herrgottsfrühe und kaum dass sich der Nebel über dem Rhein gelegt hat, im Café Spitz zum traditionellen Lääberli-Zmorge trifft.

Bald schon sausen die vier Ueli – rot-weiss, blau-weiss, grün-weiss und schwarz-weiss – davon, klappern mit ihren Büchsen, kassieren vor der Haustüre die ersten Batzen, nehmen auch schon einen winzigen Dreikäsehoch auf den Arm, einen Dreikäsehoch, der mit seinen zitternden, kleinen Händchen seine heissen Zehnerli und Zwanzgerli durch den engen Schlitz wirft und am Abend noch strahlend überall und allen verkündet: «Y ha-n-em Ueli derfe-n uff en Arm sitze!»

Die Morgentour der Ueli ist anstrengend – aber sie ist bestimmt etwas vom Schönsten und Dankbarsten. Wem schlägt nicht das Basler Herz höher, hört er plötzlich durch sein Bürofenster das lustige Tschäddere der Büchse? Wer saust da nicht wie der Blitz ans Portemonnaie, wickelt einen Franken oder auch gerne mehr in Papier und wirft es dem Ueli auf die Strasse? Man spürt: S isch wider sowyt! – und plötzlich merkt man auch, wie einem Frau Fasnacht von Weitem still zulächelt. Das Fasnachtsfieber bricht aus, steigt um einige Grade.

Gegen elf Uhr wird das Rheinbord von Schulkindern belagert. Auf der Mittleren Brücke kommen die ersten Mütter mit ihren Kleinen, um dem Bruggedanz beizuwohnen – kaum einer, der den Viertel-vor-zwölf-Uhr-Tanz auf der Brücke verpassen möchte.

Nach zwölf ist der Spuk vorbei. Das Spiel geht nun zum Waisenhaus, wo es vom «glaine Vogel Gryff» (und der traditionellen Yylaufsuppe) erwartet wird.

Mittlerweile sind die Zunftbrüder beim Gryffemähli zur Tafel gesessen – der Tag geht im Flug vorbei, schon leuchten die ersten Vogel-Gryff-Stäggeladärne. Die Kleinbasler Schulkinder raufen sich um die Ehre, eines dieser herrlich bemalten Kunstwerke durch die Gassen tragen zu dürfen. Eine riesige Menschentraube steht nun hinter dem Ehrenzug. Die Olymper ruessen und pfeifen die alten Schweizer Märsche – und da spürt man es wieder: dieser feine, bekannte Vorfasnachtswind, der sanft den Rücken hinunterweht, der immer wieder zart an einem rüttelt, beim Monschter-Epilog etwa oder bei der zweiten Marschübung. Dieser zarte Wind, der erst am Morgestraich, wenn es vier Uhr schlägt und die Lichter der Stadt wie die Kerzen am Weihnachtsbaum erlöschen, zu einem starken Sturm heranwächst, zu einem Orkan und uns alle mitreisst – hinein in die Arme von Frau Fasnacht, in diese Arme, in denen man getrost und mit vollen Segeln für drei Tage untergehen darf.

die Alti Dante

Alti Dantene gibt es in Basel wie Gwäggi im Rhein. Sei es nun in der Goschdym-Kischte. Oder sei es am Familientag.
Zumeist werden sie von einem feinen Wölklein umschwebt. Das Wölklein schmeckt nach Naphtaly und Pfefferminz – die Pfefferminzdääfeli werden in den Handtäschli zwischen einem Schlüsselbund von enormem Gewicht, einem Fläschlein Klosterfrau Melissengeist, Spitzediechli und Würfelzucker (vom letzten Cafébesuch – «s wird nyt vergydet – jetzt, wo dr Zugger so dyr isch») verstaut.
Unsere Fasnachts-Dante trägt ein Ridicule, in dem sie die Pfefferminzdragées aufbewahrt, die sie später recht sparsam den gut aussehenden Männern zwischen die Lippen schiebt. Stilecht wäre, sie würde die Pfefferminzrolle unter sieben Unterröcken beim Fazeneetli am Strumpfband verstauen – aber diese Zeiten sind passé. Die Unterröcke ebenfalls.
Auf dem Dänteli-Kopf blüht zumeist ein halber Sommergarten. Richtiger wäre jedoch (aber das wollten wir eigentlich gar nie sagen, dieses dumme: «richtiger wäre, wenn...») – deshalb: Eine Variante ist auch das kleine Capottehütchen, das der Maske etwas Feines, Baslerisches gibt.
Der Ursprung des Kostüms ist in jener Zeit zu suchen, als man ganz einfach Mutters alten Rock und Grossmutters Bluse überzog, um derart einfach verkleidet durch die Gassen zu trommeln.
Später hat sich schliesslich das hässliche (D)Äntli in eine äusserst reiche, mit Samt und Seide ausstaffierte Dante verwandelt.

dr Waggis

Noch heute ist der Waggis das beliebteste und am weitesten verbreitete Basler Fasnachtskostüm überhaupt. Zu seinen Ehren wurden Märsche komponiert. Er steht auf allerlei Kommoden, Fernsehapparaten und Hausbuffets in Keramik, blitzt als goldener Manschettenknopf oder schwankt als «Glücksbringer» an einem Autospiegel – kurz: dr Waggis ist der eigentliche Spitzenreiter der Basler Fasnachtskostüm-Hitparade. Während sein Kopf früher noch klein, die Haare fast schütter und die Nase bloss leicht übertrieben war, wuchs er mit der Zeit zu einem Monstrum heran: riesige Perücken, Zinggen gerade so gross wie eine Champagnerbouteille – so zieht der Waggis von heute durch die Gassen. Zipfelkäppli und die dazu entsprechend «feinere» Larve werden – leider! – immer rarer.

Wichtigstes Requisit des Waggis ist das Gärnli. Es wird mit ein paar Zwiebeln, Kartoffeln und gääle Riebli gefüllt. Natürlich sollte er auch ein paar Orangen und Dääfeli für die Kinder dazustopfen.

Das Elsässer Gemüse wird vom Waggis beim Intrigieren benutzt – d Ziibele bekommt ein Mädchen, dessen eisige Kälte einem etwa Tränen in die Augen treiben könnte, s Riebli geht an eine vertrocknete Jumpfere und mit der Orange bereitet man einem schnuggigen Maiteli eine Freude.

Die wirklich guten Waggis, die das Intrigieren aus dem Effeff beherrschen, ja überhaupt Masken, die sich in dieser Kunst hervortun, sind genauso selten wie die Veyetlimajen an der Fasnacht. Oft werden dumme Blödeleien mit Intrigieren verwechselt – manchmal arten sie sogar in plumpe Grobheiten aus.

Nun sind die ursprünglichen Waggis – die Bewohner des «Wasgaues» – natürlich ebenfalls recht rohe Burschen gewesen. Sie arbeiteten vorwiegend als Kohlenbrenner und waren mit den groben Sitten vertraut. Sie sollen unserem heutigen Waggis auch den Namen geschenkt haben. Eine andere Version meint allerdings, das Wort stamme von «Vagus». So nannte man früher die Landstreicher (auch «Wackebum») – im Oberelsass ist das Wort schliesslich zum «Waggis» zusammengeschmolzen.

dr Mässmogge

D Mäss und Mässmögge sind den Bebbi fast ebenso lieb wie die Fasnacht und Fasnachtskiechli.

D Basler Herbschtmäss ist zu einem sanften Einläuten der Weih- und Vorfasnacht geworden. Bei jedem Örgelimaa, bei jeder Resslirytty orgelt immer ein bisschen Fasnachtsmärschlein mit.

Und wer einen Basler Syydemogge betrachtet, der entdeckt die herrlichen Farben unserer Fasnachtsgoschdym wieder.

Mäss und Fasnacht – beide haben in ihrer Fröhlichkeit immer auch ein paar Takte Wehmut und Trauer dabei. Die Fahrt im Riesenrad ist wie das Schweben durch drei Fasnachtstage: Man steigt vorfreudefiebrig ein, wird zum Himmel getragen – und eh mans richtig begreifen kann, ist der ganze wunderbare Zauber auch schon wieder vorbei. Das Leben eben.

s Zyttygsanni

Einst war das Zyttygsanni ein Basler Original. Auf dem Marktplatz hat es Zeitungen verkauft. Und dazu ureigene Schlagzeilen erfunden. Etwa «Die ganzi Regierig isch abgsetzt!» Oder: «Neys Zolligheeg für dr Grossi Root!»
Kurz: Das Zyttygsanni hatte das, was man in Basel «e gschliffeni Schnuure» nennt.
Später hat ein anderes Zyttygsanni die Basler Schnitzelbanggszene aufgemischt. Auch mit geschliffenen Versen. Politisch engagiert. Und unerschrocken.
Ihnen ist das Goschdym gewidmet – pro memoria.
Und auch, um wieder für eine Fasnacht mit «gschliffene Schnuure», scharfem Witz und galligbösen Pointen zu werben.

Der Blaggeddeverkäufer

Als mich der Binggis mit seinen untertassengrossen, rabenschwarzen Augen anschaute, da konnte ich gar nicht anders.
Klar. Ich habe dieses Jahr schon einige Dutzend Fasnachtsblaggedde angehängt bekommen: drei kupfrige, sechs silberne, drei goldige. Da sind die Kinder von Urs (sie nehmen die Bestellungen schon im Oktober auf). Da ist meine Nachbarin (pfeift in einem Schyssdräggziigli). Dann mein Masseur («Was hast du gegen Wagencliquen? Jetzt unterstütz auch u n s einmal!»).
ICH KANN NICHT NEIN SAGEN.
Überdies wird mir immer mal wieder eine Blaggedde vom Wintermantel gefilzt, wenn ich ihn in der Beiz an der Garderobe hängen lasse…
Und nun also: «Kaufe Sie au e Blaggedde?» Die Augen des Binggis rollen. Der Mund lacht.
Ich ziehe seufzend das Portemonnaie: «Gut denn – eine kupfrige.»
Da schauen die Augen eine knappe Sekunde enttäuscht – aber es reicht, um mich selber korrigieren zu hören: «Na ja, also, eine Silbrige.»
Nun strahlt der Binggis. Sein Copin neben ihm strahlt mit: «Das ist Ahmed. Er ist unser bester Tambour. Ahmed hat sich letztes Jahr gar in den Final geruesst!»
Ahmed geniert sich ein bisschen. Er mag anscheinend nicht, wenn man von ihm spricht. Schon gar nicht über seine Trommelkünste. Aber sein kleiner Freund ist ein Plappermaul: «Er muss sich sein Kostüm selber verdienen. Sie haben zu Hause kein Geld und…»
«Halt den Rand!», knurrt nun der Mini-Blaggeddeverkäufer Ahmed und pufft sein Vis-à-vis in die wattierte Jacke.
Dann schauen mich seine grossen Augen an: «Eigentlich hätte ich ja gar nie trommeln dürfen. Mein Vater war total dagegen. Das sei nicht unsere Kultur und so… Na ja, meine Mutter hat sich dann für mich durchgeboxt. Sie glaubt, dass es für mein Temperament gut sei. Und für meine Integration. So habe ich nach der Fasnacht ‹Die erschti Lektion› auf dem Seibi besucht. Hat mir sofort den Ärmel reingenommen. Zwei Wochen später habe ich meine erste Trommelstunde in der Quartierclique gehabt!»

«Er hatte es vom ersten Dupfen an drauf», mischt sich der Freund wieder ein, «und als dann unser Trommellehrer bei Ahmeds Vater vorsprach, war dieser doch ganz stolz auf seinen Jüngsten – besonders, als der Instruktor erklärte, Ahmed würde als erster Türkenbub alle Basler an die Wand trommeln. Da hat er Überstunden gemacht.»
«KLAPPE», baut sich Ahmed nun auf, «es ist m e i n e Geschichte! Also – mein Vater hat in einem Putzteam gearbeitet. Und, wie Pierre sagt, Überstunden gemacht. So konnte er mir auf die zweite Fasnacht hin eine Trommel kaufen. Aber nun haben sie ihm gekündigt. Die Geschäfte gehen schlecht. Und da putzen die Leute halt selber. Deshalb muss i c h das Geld fürs Zugskostüm verdienen. Die Clique wollte es zwar spendieren. Aber die kennen meinen Vater nicht. Der lässt sich nichts schenken!»
Die Binggisaugen funkeln nun stolz: «Ich habe bis jetzt für über 300 Franken Blaggedde verkauft. Das bringt mir schon 30 Franken. Und...»
«Wir verkaufen alle mit», plappert Pierre.
«MAUL HALTEN!», grinst der Freund. Dann zu mir: «Es ist m e i n e Story. Aber S i e sind doch der von der Fernsehküche. Und schreiben Sie nicht auch Geschichten für die Zeitung? Sie können meine Story haben. Wenn Sie sich einen Ruck geben und eine Goldene bestellen, dann verrate ich Ihnen auch, dass mein Vater vielleicht ab dem 1. April die Abwartsstelle in einem Supercenter bekommt und...»

Meine Lieben – ich habe nun v i e r goldene Blaggedde... und Ihr habt die Geschichte!

dr Bebbi und d Bebbene

Zwei typische Kostüme für alle Heimwehbasler (oder für den Bebbiclub in New York): dr Bebbi und d Bebbene.

Hier kann man sich im Baslerischen ergehen, kann eine Baselstaborgie feiern, kann in einer Schwarz-weiss-Symphonie schwelgen.

Monsieur Bebbi zeigt sich im langen, eleganten Mantel, der an die Weibelpelerine erinnert. Er trägt das unvermeidliche Basler Gilet. Und die Hosen mit dem – ebenfalls ganz à la bâloise – Wyybäärtli-Muster.

D Bebbene wiederum zeigt sich prächtig trächtig – in einer Fantasietracht und Schwarz-weiss-Pracht. An die Sydebandindustrie erinnert hier das kurze Cape, das aus losen schwarz-weissen oder grauen Seidenbändeln zusammenkomponiert worden ist.

Und im Übrigen: Wie bei allen Kostümen ist dies nur ein Vorschlag. Zur Güte. Man soll nicht stur daran kleben, sondern kann ihn erweitern, abwandeln – quasi als zündende Idee verwenden.

dr Rhyfisch

Es gab eine Zeit, da waren die Rheinfische für zwei Generationen totgesagt.
Gottlob ist die Natur stärker als Zeitungspapier. Und der Rhein wieder voll von Leben.
Die Schuppen unseres Fischgoschdyms erinnern ein bisschen an Blätzlibajass-Blätzli. Und das Netz, das der Rheinfisch als Paletot um die Schulter geworfen bekommt, erinnert uns daran, dass wir alle immer wieder mal den Schlaumeiern ins Netz gehen.
Der Rhyfisch könnte natürlich auch einen orangen Schwimmgurt tragen – und zur Baderatte mutieren. Immerhin ist das Schwimmen im Rhein heute nicht nur den Fischen vorbehalten. Sondern zur Basler Sommerattraktion geworden. Zum Höchstgenuss. Und seit Neustem gar: zum Touriknüller.
Entsprechend könnte der Fisch auch gar nichts tragen – und zu einem dieser Nudisten werden, die bei der Solitude in die Wellen steigen. Mit grossem Schwanz wäre es dann eine Nixe – und mit Dreispitz in der Hand: Neptun.
Kurz: Dem Fischthema sind keine Grenzen gesetzt. Es schwimmt in Basel immer obenauf.

PS: Ganz klar, dass pfeifende Fischer «d Forälle» im Repertoire haben!

dr Harlekin

Aus dem Arlecchino ist der Harlekin entstanden – früher als Fasnachtskostüm absolut nicht bekannt, heute einer der grossen Hitparadenreiter.

Vielleicht hat es das sanft Melancholische, das diese Larve leise umspielt, dem Bebbi derart angetan? Und man glaubt auch, dass kein Kostüm besser zu den manchmal fast traurigen Pfeifermelodien passen könnte als gerade dieser stolze, edle Harlekin.

Mit der Zeit sind natürlich auch bei diesem Kostüm hübsche Varianten aufgetaucht – da schwingt beispielsweise ein wunderschönes Cape mit (es verleiht der Gestalt etwas Gespenstiges, wenn es im Rhythmus der Trommelwirbel mitschwebt). In die Rauten werden manchmal auch Spiegel eingebaut (allerdings müssen diese an den Rändern gut eingefasst sein, da es sonst an einer Morgestraich-Druggede zu bösen Unfällen kommen könnte) – ja, wir haben sogar schon beleuchtete Hüte gesehen.

Die Rüsche, die den Harlekinhals umschwirrt, kann man selber anfertigen oder in einem der Basler Warenhäuser (allerdings rechtzeitig) bekommen.

Der Heimwehbasler

Dumpf schlägt die Glocke des Fraumünsters. Halb vier. Eric schlurbt in die Küche. Er fühlt sich gerädert. Kein Auge hat er in dieser Nacht zugemacht.

Mechanisch schiebt er die Pfanne mit der braunsämigen Mehlsuppe auf den Herd. Gestern Nacht hat er das Ganze noch vorbereitet – mit dem Rest Rotwein verfeinert. Dann schaut er auf den Küchenstuhl, auf dem die Waggislarve bereitliegt. Daneben funkelt der Tambourmajorstecken. Langsam schlüpft er in die Goschdymhose. Die Gedanken fliegen aus dem Fenster – baselwärts, weg von Zürich Downtown.

Erics Clique stellt sich beim Martinskirchplatz auf. Jemand lässt eine Flasche Weisswein herumgehen. Aber keiner hat Lust – es ist zu früh. Die Nerven liegen blank. Man fiebert auf den Moment, wo die Lichter ausgehen werden. Wo die Spannung einer Explosion Platz macht. Wo das Leben beginnt. Ein Leben von 72 Stunden.
Florence zündet die letzte der dicken Laternenkerzen an: «Die ist für Eric», flüstert sie.
Alex hört sie: «Der Ärmste! Meinst du wirklich, er hockt vor dem Laptop?»
Florence nickt: «In voller Montur. Wie jedes Jahr – mit dem Tambourmajorstecken. Und mit der Waggislarve. Ich kenne ihn doch...», sagt sie leise. «Und ich weiss, dass er leidet!»

Mittlerweile hat Eric den Laptop gestartet. Und surft im Internet auf Telebasel. Hier wird der Morgestraich live übertragen.
«Und wieder haben d Fiidleburger keinen richtigen Tambourmajor», knurrt er vor sich hin. «Dieser Cédric ist doch kein Ersatz!» Seine Stimme zittert: «...auch für Florence nicht!»

Damals, als die beiden grossen Banken in Basel fusionierten und Eric nach Zürich geschickt wurde, hat alles begonnen. Zuerst pendelte er. Später nahm er sich eine Wohnung mitten in der Zürcher Altstadt. Und spürte, wie sein gewohnter Alltag Sprünge bekam – das war wie ein Fenster, in das jemand einen Kieselstein gespickt hatte. Alles geriet aus den Fugen – das Familienleben, das Umfeld, er selber…

Zürich gefiel ihm. Nach der Arbeit war hier Cüpli-Hour und Limmat-Scheiaweia. Immer öfters blieb er in diesem Ambiente hängen. Noch mehr gefiel ihm Barbara – seine Kollegin, die aus St. Gallen in sein Büro versetzt worden war. Sie war der Grund für die Zweitwohnung. Seine beiden kleinen Söhne Maurice und Lenz sah er nicht mehr oft. Und Florence schaute ihn bei seinen Wochenendbesuchen mit diesem traurigen Blick an, den er an ihr nicht ertragen konnte – der ihn reizte, wütend machte, weil diese traurigen Augen sein schlechtes Gewissen wachrüttelten.

Damals, als ihm sein oberster Chef Müller erklärt hatte, er müsse auf die Fasnacht verzichten – sie hätten genug Probleme und könnten nicht noch auf den Spleen eines steckenwerfenden Bebbi eingehen – damals lehnte er sich nicht dagegen auf.

Als er aber in Zürich sein Büro bezogen hatte, zeigte er noch Basler Zähne. Inmitten dieser modernen Kritzeleien, die der Innenarchitekt für teures Geld an die Wände genagelt hatte, hing er den «Heimweh-basler»-Helgen auf. Der gute Mann machte schier die Schraube und protestierte lauthals: So ein Helgen verschandle die cool-klare Linie, die er da zu schaffen versuche!

Doch Eric setzte sich durch: «Wenn ich schon in Zürich arbeiten muss, dann wenigstens mit meinem Heimwehbild vor Augen!»

Dann stand er zum ersten Mal am Morgestraich vor der Fernsehkiste. Ausnahmsweise wollte das Zürcher TV den grossen Basler Moment live übertragen. Wochen vorher hatte er zwar für vier Tage Ferien eingegeben. Aber – wie immer – es war unmöglich, weil man gerade jetzt in einer «schwierigen Phase, die alle Kräfte erfordert» steckte. So wurde Eric sein eigener Heimwehbasler – ein Bürohelgen live…

Nur noch selten kam er nach Basel. Florence hatte er reinen Wein eingeschenkt. Sie waren schliesslich zwei erwachsene Menschen. Und mit Florence konnte man vernünftig reden. Barbara liess er allerdings aus dem Spiel. So wie Florence Cédric nicht erwähnte, obwohl Eric wusste, dass er immer bei ihr war, der Tröster der Stunde quasi.

Die Clique vermisste ihren Tambourmajor. Und Eric hätte gerne wieder mal d Fiidleburger durch die Gassen geführt. Er genoss diese Momente, wo es hinter ihm ruesste, jubilierte. Wo er den Stock hoch wie das Spalentor warf – und sein Herz im Glück zu explodieren drohte. Aber Jahr für Jahr war er nun dazu verurteilt gewesen, sich eine Mehlsuppe selber zu brauen. Ins Heimwehkostüm zu steigen. Und den Morgestraich in Zürich zu erleben – in der Stadt, die zu dieser Stunde gespenstisch still vor ihm lag. Und die ihm jetzt kalt und fremd war.

Auch dem heutigen Morgestraich war eine unschöne Szene vorangegangen. Huber hatte ihn ins Büro gepfiffen: «Wir sind nah dran! Die kleinen Basler Chemiequäker sind reif für die Unterschrift. Das wird ein Superdeal. Ich habe mich erkundigt: Die haben grossartige Projekte in der Pipeline. Sind auf dem aufstrebenden Ast. Und wir werden uns da beteiligen. Als Basler haben Sie Heimvorteil, haha! Verhandeln S i e mit ihnen. Es fehlt nur noch die Unterschrift. Da können Sie jetzt nicht weg – die können jede Minute anrufen. Und diesen Fisch lassen wir uns nicht entgehen!»
Natürlich hatte Eric von der kleinen Spezialitäten-Chemiefirma gehört. Er erkundigte sich bei Alex, seinem Cliquenkollegen. Alex war auch Chemiker. Und Eric hatte ihn vor zehn Jahren zu den Fiidleburger gebracht, wo er dann bei Florence pfeifen lernte.
Sein Freund äusserte sich zwar nicht gross über die Firma – aber «sie sei sicherlich recht», bestätigte er ihm am Telefon.

Eric löffelt seine Mehlsuppe. Sie schmeckt ihm nicht. Nun steht er vor seinem Laptop. Stülpt die Larve über. Und nimmt seinen Stock: «Ist ja biireweich…», knurrt er. Und stiert auf den Bildschirm. Aus dem Laptop vernimmt er Stimmen, Lachen. «Noch 40 Sekunden!», sagt der Kommentator.
Vier Mal schlägt die Glocke vom Fraumünster. Eric schaut aus dem Fenster. Wie immer sind die Zürcher den Baslern etwas voraus…
«Sie sehen käsig aus!», empfängt Huber Eric im Büro. Tatsächlich hat dieser nach dem Morgestraichmoment nicht mehr schlafen können.

Tausend Gedanken sind ihm wie Trommelwirbel durch den Kopf gejagt – vor vier Wochen hatte ihn Barbara verlassen. Sie ist mit einem jüngeren Computerfachmann davon: «Du hast dich ja nie entscheiden können», hat sie ihm den Entschluss über E-Mail mitgeteilt.
Als er an jenem Wochenende seine beiden Söhne besuchte, zog ihn Maurice in sein Zimmer: «Pa, könntest du nicht mal wieder bei uns einstehen? Alle sagen, dass Cédric kein Ersatz für dich sei … er wirft den Stock nie!» Sein Sohn schaute ihn mit flehenden Augen an. Und Eric spürte, wie es ihm den Hals zuschnürte.
Cédric selber, der einmal mehr um Florence herumscharwänzelte, redete ihm sogar zu: «Hör mal – eigentlich bin ich auf dem Piccolo daheim. Und ich würde gerne wieder mal mitpfeifen. Überdies habe ich nicht deine Begabung als Major … machs doch möglich!»
Auch Florence nahm ihn am Arm: «Eric, wir vermissen dich hier!»
Aber er hat nur bitter gelacht: «Keiner vermisst mich – Cédric ist doch ein guter Ersatz.»
«Ein wirklich lieber Kerl», nickte Florence. «Ohne ihn wären die letzten Jahre schlimm gewesen.»

«Sie müssen sofort nach Basel», knurrt Huber. «Die haben heute angerufen – die Unterschrift ist nur noch Formsache. Bedingung: Es muss in Basel unterzeichnet werden. In einem Restaurant namens ‹Löwenzorn›. Um 15 Uhr. Was stehen Sie noch rum – Sie wollten doch immer an die Fasnacht!»

Basel empfängt den Heimwehbebbi mit dieser ganz speziellen Melodie eines Fasnachtsmontags. Eric überholt die Cliquen, die den Cortège abmarschieren, geht an Schyssdräggziigli vorbei. Er spürt diese seltsame Traurigkeit, die Piccolorufe immer wieder in ihm entfachen.
Im «Löwenzorn» stösst er auf seine Clique. Sie umarmen ihn jubelnd. «Wunderbar, dass du kommst – Florence hat dir dein Kostüm hierher gebracht und …»
«Das ist ein Missverständnis», wehrt Eric ab. «Ich bin geschäftlich hier, ich treffe einen Chemiemann und …»

Alex kommt auf ihn zu – er zuckelt mit seiner Füllfeder: «Die Unterschrift bekommst du erst am Donnerstag – morgens um 4 Uhr. Und die Bedingung: Du wirst hier als Tambourmajor eingesetzt. Dies für mindestens die nächsten zehn Jahre – das habe ich eurem Huber schon klar gemacht. Er ist einverstanden. Und setzt alle Hoffnungen auf dich, du würdest ihn und uns nicht enttäuschen!»
«Dann ist es deine Firma?», stiert Eric seinen Cliquenfreund an. «Weshalb habe ich denn nicht gewusst, dass …?»
«Du weisst so vieles nicht», geht nun Florence auf ihn zu. «Komm, ich habe dein Kostüm in der Pfyfferstube.»
Für Eric ist alles wie ein Traum: Florence hat ihm einen Heimwehbasler genäht. Sie hilft ihm, den Frack zuzuknöpfen.
«Und Cédric?», stammelt Eric.
Florence lächelt: «Er hat sich mit seinem Freund registrieren lassen. Nun sind die beiden auf einer Honeymoonreise. Und wir hatten keinen Tambourmajor. Da hatte Alex die Idee mit der Unterschrift. Ihr werdet künftig wohl mehr miteinander zu tun haben.»
Es kommt Eric vor, als hätte er einen andern Planeten bestiegen. Er ist in einer Traumwelt, weiss immer noch nicht richtig, wie ihm geschieht. Die Clique steht hinter ihm – zum Abmarsch bereit. «Gluggsi», tönt es aus der Waggislarve. Und plötzlich spürt Eric, wie eine Hand nach seinen Fingern greift. Es ist Maurice: «Schön, dass du wieder bei uns bist!»
Und wie der Harscht von Trommlern und Pfeifern loslegt, als Piccolos und Schlegelwirbel wie eine Riesenwelle über ihn hereinbrechen – da spürt Eric, wie es ihn schüttelt. Wie die Tränen ihm die Sicht nehmen, wie er ins Ungewisse loszieht. Dieses schwebende Ungewisse, welches das Leben immer für alle bereithält. Und das manchmal Glück und zwei Takte später Leid sein kann.

Die Geschichte wurde inspiriert vom Bild «Heimwehbasler». Es zeigt einen Bebbi, der in seiner Zürcher Wohnung um drei vor vier Uhr voll maskiert als Tambourmajor vor dem Fernseher steht und mit blutendem Herzen den Morgestraich am TV-Bildschirm verfolgen wird.

dr Nachthemmliglunggi

Wissen Sie noch, was man Ihnen als Gnäggis nachrief, wenn ein Zipfeli des Hemds aus den Hosen herausschaute? – Hemmliglunggi! Der Nachthemmliglunggi zeigt sein ganzes Hemd. Manchmal sieht er aus wie das Darmol-Männchen (wer kennt ihn nicht, den Mann mit dem Licht? – eben!). Dann wieder wie Molières Gyzgnäbber, der ängstlich seinen Geldsack hütet.

Das Nachthemmliglunggi-Maitli wiederum trägt ein feines, allerliebstes Spitzenkäpplein. Und natürlich eine Kerze. Oder zumindest den Pot de chambre, den es eben ausleeren will.

Der Nachthemmliglunggi ist ein Kostüm für den allerletzten Moment – etwa, wenn Tante Käthi, die extra für den Morgestraich von Adelboden nach Basel gefahren ist, auch noch maskiert im gespenstischen Treiben mitziehen möchte. Oder für die Unentschlossenen, die ein Jahr lang sagen: «Nai, nai – jetz mach y mol kai Fasnacht» und zehn Minuten vor vier Uhr prompt mit dem Nachthemmli, dem Wecker und den Bettsocken auf der Strasse auftauchen.

dr Basilisgg

Überall geistert der Basilisgg in unserer Stadt herum. Einmal faucht er vom Drachebrünneli. Dann tschätteret er als Wappenhalter der Basler Trämli durch die Gegend. Weshalb sollten wir ihn nicht auch aus einem Fasnachtsei schlüpfen und in die Kostümkiste einpacken lassen?

Enorm wichtig ist die Larve – man sagt, dass unser Basilisgg einen bösen Blick habe, ja, dass man ihn bloss besiegen könne, wenn man ihm einen Spiegel vor die Augen halte.

Was wir also brauchen, sind funkelnde, giftgrüne Augen, die man mit Folie oder aus Glas herstellen kann – hübsch wäre, man könnte auch ein paar der Schuppen aus Folie ausschneiden. Spiegeln sich die Sonne und das Licht darin, strahlt die Maske etwas ungeheuer Dämonisches aus!

dr FCBler

Rot-blau – noch Fragen? Klar, dass unser FC Basel immer ein Sujet ist. Mit all seinen Ups und Downs, seinen Schreckens- und Glücksmomenten.
Gigi als FCB-Queen ist ein «Must». Und der Fan mit den glubschenden Fussballaugen auch.
Eigentlich reicht die traditionelle FCB-Ausstattung bereits als Goschdym. Nur bei Gigi könnte noch viel Glimmer und Glanz dazugetan werden.
Wers arg dumm will, der geht als Schiri, der gegen Basel die rote Karte zückt ... oder als Zürcher Richter, der den Basler Meistertitel in Stücke zerreisst ...
Und wer vom Lokalkolorit wegtrippeln möchte – bitte –, dasselbe in Rot-weiss. Und wir sind an den Europameisterschaften.
Statt Queen Gigi dann: King Köbi. Und der Vorstand: Tausende von grillierten Würsten ... pardon: der Vortrab, natürlich.

Die Morgestraichnacht

Die Glocke vom Rathaus schlägt zwei Mal. Lydia Munz öffnet das Stubenfenster. Die ältere Frau äugt die Schneidergasse hinunter. Auf der Strasse ist es gespenstisch still.
Lydia Munz schliesst das Fenster mit einem energischen Ruck. Dann geht sie ins Zimmer ihrer Tochter. Sie setzt sich auf den Bettrand.
«Abgeschlichen…», brummt sie zu sich selber. «Wortlos weg… dabei habe ich es ihr klar verboten.»
Lydia öffnet Lottys Kleiderschrank – dann nickt sie: «Natürlich. Das rote Kleid.» Die Mutter schüttelt zornig den Kopf: «Da kann sie ja gleich als Hure gehen!»
Müde schlurbt die Frau in ihre kleine, ärmliche Stube, wo sie das schäbige Sofa zum Bett gemacht hat. Von Anfang an ist sie gegen das rote Kleid gewesen: «Zu stark ausgeschnitten, zu aufreizend – so etwas trägt ein anständiges Ding nicht!»
Aber sie hätte genauso gut in den Mond reden können. Lotty war nun mal in das Kleid verschossen – so wie sie in Fritz verschossen war.
«FRITZ!», der zahnlose Mund spuckt das Wort so verächtlich aus, als wärs ein stinkiges Stück Fisch. Warum musste es ausgerechnet dieser Habenichts aus Liebenswiller sein? Lydia hatte für ihre Tochter andere Pläne. Darin waren Männer nicht vorgesehen – noch nicht.
«Du schaffst deinen Abschluss als Chefsekretärin – und die Welt steht dir offen.» Das hat Lydia ihrem Mädchen schon früh eingepaukt. Nächtelang ist sie an der Nähmaschine gehockt und hat für ihre Kundschaft Röcke geändert und Hemdenkrägen ausgebessert. «Mein Mädchen solls mal besser haben als ich», war ihr Credo. «Eine solide Ausbildung – und später ein ebenso solider Ehemann!»
Lydia träumte von einem Beamten mit Staatspension als Schwiegersohn. Manchmal malte sie sich auch aus, wie Lotty den jungen Meyerhans, bei dem sie ihr Praktikum als Chefsekretärin machte, rumkriegen könnte. Nun ja – man sagte, er sei schwierig und wolle von Frauen nichts wissen. Egal. Immer noch tausend Mal besser als dieser Waggis

aus Liebenswiller – ein Luftibus, bei dem ihre Tochter sich bestimmt die Finger verbrennen wird.

«Es ist m e i n Leben», hat Lotty ihr wütend klar gemacht, als die Mutter ihr zum x-ten Mal das Liedlein vom «Du sollst es besser haben» angestimmt hat. «Ich liebe Fritz. Und er liebt mich. Also lass mich mit deinen Plänen in Frieden. Ich ackere vier Tage in der Woche hart in den Abendkursen. Und ebenso hart im Büro – da habe ich mir am Wochenende ein bisschen Glück weiss Gott verdient. Du hast dir dein Glück doch auch genommen!»

Lydia hat geschwiegen. Sie war verletzt. Und sie spürte wieder diesen leisen Vorwurf der Tochter, als vaterloses Mädchen in dieser Welt bestehen zu müssen.

Lydias Glück hat kurz gedauert. Genauer: ein paar Stunden in der Morgestraichnacht. Dann war auch alles schon vorbei.

Sie arbeitete damals als Saaltochter im Casino. Es war ein harter Job – aber sie war dankbar für die Stelle. Denn Arbeit gabs kaum. Und die Zeiten waren schwer.

Am Quodlibet bediente sie dann eine Herrenrunde. Es war Maskenball – die Herren im Frack, die Damen als «alti Dantene». Oder als «Gäxnaase».

Der jüngste Mann am Tisch hatte nur Augen für sie. Noch vor der Demaskierung nahm er sie einfach an der Taille. «Pssst, komm, wir gehen weg. Zieh die Serviceschürze aus. Ich liebe dich!»

Lydia stand wie unter einem Zauber. Noch nie hat ihr jemand ein nettes Wort gegönnt. Nie hat ein Kerl sie zärtlich berührt. Sie war keine Schönheit. Aber dieser Mann hier meinte es ernst – das spürte sie.

Sie gingen in ihr kleines Zimmerchen am Heuberg. Und als es nicht nur bei den Küssen und Umarmungen blieb, als das Glück wie tausend Sterne explodierte, da kam plötzlich flutartig das Donnern der Trommeln, das Weinen der Piccolos: Morgestraich. Während sie auf ihrem schmalen Bett lagen, sahen sie, wie gespenstische Figuren am Fenster vorbeizogen. Flammende Fackeln warfen seltsame Schatten an die Tapeten – und: «Komm, wir nehmen uns eine Nase voll Fasnacht», flüsterte ihr das Glück ins Ohr.

Beide zogen sich hastig an – betraten das Dunkle dieser geheimnisvollen Nacht. Wie dann eine grosse Clique mit einem Harscht von trommelnden Männern in Altweiberkleidern vorbeizog, da hatte die Nacht alle Seligkeit verschluckt. Lydias junger Mann war verschwunden – sie blieb alleine zurück. Alleine mit vier Stunden Glück. Und einem Mädchen. Und auf dieses Mädchen wartete sie nun in dieser Morgestraichnacht.

Von der Strasse her hört man jetzt gedämpfte Stimmen, tapsende Schritte – plötzlich auch nervöses Kinderlachen.
Lydia lächelt leise: Das sind bestimmt Hans und seine Imbergässler, wie sie sich nennen. Sie gehen zum ersten Mal als Buebeziigli an den Morgestraich. Christa, das kleine Mädchen des Faschtewaaijebeggs, hat die Jungen drangsaliert, sie wolle auch mitmachen. Aber die Buben haben die Kleine grossspurig in die Schranken gewiesen: «Fasnacht ist Männersache ... da haben Mädchen nichts verloren. Was würden denn die andern sagen!»

Als Christa zu Lydia kam, um zwei Bäckerhosen ihres Vaters zum Ausbessern zu bringen, heulte sie über ihr Pech, ein Mädchen zu sein. Lydia tröstete sie und knöpfte sich die Buben vor: «Ihr könnt doch mal eine Ausnahme machen! Im Übrigen bin ich dann gerne bereit, bei den Kostümen ein bisschen mitzuhelfen!»
«Der Handel gilt», strahlte Hans sie an. Und so kam es, dass Lydia Munz drei Abende lang alte Fräcke, verlauste Röcke und Blousons auf Kleinstmass umnähte, während die Imbergässler an ihrer kleinen Laterne bastelten. Sie wollten das Buebeziigli mit richtigen Fackeln begleiten. Aber da sprach Lydia ein Machtwort: «Offene Fackeln sind viel zu gefährlich – nehmt Lampions. Das ist mindestens so prächtig.»
Nun wurde es Christas Aufgabe, die roten Papierlampions, die der Vater am ersten August jeweils ins Bäckereischaufenster hängte, vom Estrich zu klauen.
Lydia öffnet das Fenster. Sie hört die vier Schläge der Rathausuhr. Die Lichter gehen aus und wieder ist es diese Nacht, dieser Moment, der Erinnerungen in ihr aufwühlt: Erinnerungen an einen Atem lang Liebe. Erinnerungen an einen Glücksmoment.
Lydia erstarrt. Im Licht der Laternen entdeckt sie Lotty. Ihre Tochter schmiegt sich eng an den Waggis.
Lydia spürt, wie ihr die Tränen über die Backen kullern – sie weint mit den Piccolos. Weint ihrem Glück nach.
Wie durch einen grauen Schleier sieht sie nun auch das Buebeziigli in die Schneidergasse einziehen – die Imbergässler platzen schier vor Stolz. Unbeirrt ziehen sie vorbei, nichts kann sie aufhalten. Und plötzlich fühlt Lydia, dass dies das Leben ist. Dass alles seinen Lauf hat, alles seine Bestimmung. Es beginnt so geheimnisvoll und unbestimmt wie dieser Morgestraichmoment. Dann zieht die Zeit vorbei. Und alles ist fertig – noch bevor man drei Mal durchgeatmet hat. Endstraich. Und Schlusspunkt.
Lydia hält den heissen Kopf in die eisige Nacht. Sie merkt, wie die Schwere von ihr fällt. Und sie spürt das Glück, eine Tochter zu haben. Lotty, die nun ihr Anrecht auf ein paar Sekunden Glück anmeldet.

«Ich bin hier, Mutter – ich habe dich am Fenster gesehen!», ruft Lotty im Hausgang. Sie kommt ins kleine Stübchen gerannt und umarmt Lydia. «Du weisst gar nicht, wie glücklich ich bin!»
Die Mutter küsst ihre Tochter auf beide Wangen. «Geniess dein Glück, Kind – halt es am Ärmel. Und lass es nicht zu schnell vorbeiziehen.» Und sie schaut Lotty an: «Ich hatte Unrecht: Das rote Kleid steht dir wirklich sehr gut!»

Die Geschichte ist inspiriert worden von Niklaus Stoecklins Bild «Buebeziigli», 1925.

e Buebeziigli

Es ist längst kein Geheimnis mehr: Der Zyschdig mit all seinen wunderherrlichen Buebeziigli und der riesigen kostümierten Kinderzottlete, die da am Nachmittag Richtung Kleinbasel marschiert, ist zum Herrlichsten der drei Fasnachtstage geworden.

Sieht man die Perfektion, die Uniformiertheit und manchmal gar die erschreckend kalte «Richesse», die dem Zug von grossen Cliquen anhaftet, freut man sich umso mehr an der Fantasie der kleinen Buebeziigli, die mit wenig Geld, enormem Arbeitsaufwand und möglichst «alles aus eigenem Keller» auf die Beine gestellt worden sind.

Es ist Ehrensache, dass bei den Buebeziigli die Eltern ihre Hände nicht im Spiel haben dürfen. Ein altes Nachthemmli wird – hokuspokus – mit zwei, drei Spitzen bald einmal zu einem sauglatten Kostüm umgewandelt. Die Spielhosen des Bruders werden mit einem Lätsch garniert, eine alte Larve von Onkel Haiggi bekommt neue Farbe auf die Nase – es muss nicht immer Samt und Seide sein, mit denen man die Gnäggis verwöhnt. Man öffne die alte Glaiderräschtekischte, schenke den Kindern ein bisschen Farbe und genügend Geduld – die Resultate sind erstaunlich und bestimmt auch glücklicher als diese Bonanza-Helden, die da im Cowboy- oder Indianerkostüm und einem Plastikrevolver durch die Gegend knallen. Bestimmt – ein Buebeziigli ist aufwändiger als eine rasche Kommission im nächsten Spielwarengeschäft. Aber auch dankbarer.

Der Name «Buebeziigli» ist natürlich in der heutigen Zeit ein wenig verstaubt, da beim Bäschele die Mädchen den Buben in nichts nachstehen und am Zyschdigsziigli ebenfalls eifrig mitmachen dürfen. Früher galt es jedoch für weibliche Wesen als höchst unfein, sich verkleidet auf der Strasse zu zeigen. Das war höchstenfalls etwas für den Plebs. Als kleiner Überrest ist das heiss diskutierte Problem «Frauen im Stammverein» geblieben…

dr Grälleligranz

Ist es ein Pfeiferfürst aus «Tausend und einer Fas-Nacht»? Oder handelt es sich um einen nostalgischen Vogel?
Nein – unser Kostüm hier soll einen Grälleligranz darstellen, leicht und luftig, zart in Veyetlifarben, mit viel Schischi und Giggernillis, Firlefanz und Sydelätsch.
Das Malschloss schützt den «Güggelifriedhof» vor allzu viel Ziibelewaije (sonst ist es ein allzu luftiger Grälleligranz!). Der Grällelikäfig auf einem Kopf sagt klar und deutlich, dass man beim Kostümspintisieren immer einen Vogel berücksichtigen darf!

Zur Geschichte des Grälleligranzes: Anfang der 1970er-Jahre besuchte mich Rose-Marie in unserem Elsässer Gärtchen. Es liegt nur einen Steinwurf vom Friedhof entfernt. Und weil Elsässer Friedhöfe eine ganz besondere Ambiance ausströmen, beschlossen wir, uns dort nach dem Apéro ein bisschen die Beine zu vertreten.
Damals gabs noch die Grälleligränz – feinste Grabkränze, die aus Glasperlen komponiert worden waren. Lilien und Rosen funkelten in Lila, Weiss und Aubergine – das Ganze schmückte die Gräber in nostalgischer Art und hielt ein Toten-Leben lang.
Eben diese verspielten Kränze hatten es mir angetan – und ich schaute Rose-Marie an: «Irgendwie erinnert es mich an den Totentanz. An Weihnachten und Fasnacht zugleich – einmal möchte ich so ein Grälleligoschdym.»
Zwei Monate später zeichnete Rose-Marie den Grälleligranz. Immer wieder habe ich dann in Fasnachtsabhandlungen und gar in Doktorarbeiten über die Fasnacht und ihre Entstehung gelesen, dass der Grällelikranz ein uraltes, geschichtsträchtiges Kostüm sei … IST ES NICHT. Die wahre Grälleligeschichte haben wir hiermit nun aufgereiht.

dr Ethnolook

Die Ethnowelle hat immer mal wieder an den drei schönsten Basler Tagen übergeschwappt.
Schon bei den Kuttlebuzzern war Ethno Trumpf: Denn die weiten Ethnokostüme sind nicht nur praktisch – sie lassen auch der Fantasie viel Freiraum. Und bieten den Bastlern, Hobbykünstlern und Handi-Guggen unter uns tausend Möglichkeiten: Grälleli können verwoben werden. Man kann Stickereien ausprobieren. Applikationen anbringen … kurz: Wir können mit Inspirationen spielen und das Kostüm zu einem wahrhaftigen Kunstwerk ausbauen!

s Schnäggeweggli

Unser erstes Vogel-Gryff-Erlebnis war ein richtiges Schneckenerlebnis. Der Schnägg – oder eigentlich das Schnäggeweggli (es handelt sich also um das feine, klebrige Gebäck, das zum Wild-Maa-Horscht gehört wie der Wild-Maa-Oofe oder die Käskiechli, die da allewyl den Ehrengästen zwischen die Zähne gegeben werden) – dieses Schnäggeweggli also war süss. Das Erlebnis war es weniger.
Wir hatten unserem Primarschullehrer eine Stunde abgebettelt. Er liess uns früher springen, allerdings mit der Auflage, einen Aufsatz zu schreiben – Titel: Der Vogel Gryff. Ich habe mir sagen lassen, dass sich das bis heute kaum wesentlich geändert habe. Doch das gehört wohl kaum hierher.
Wir rannten also über die Mittlere Brücke ins Kleinbasel davon. Am Rheinweg standen bereits die ersten Neugierigen, irgendwo tschätterte lustig eine Ueli-Büchse und zum ersten Mal hörten wir auch wieder den vertrauten Ruf «d Blaggedde – d Blaggedde isch doo!»
Auf dem Weg zum Wild-Maa-Horscht überholte uns ein grosses, schwarzes Taxi. Auf seinem Dach waren zwei Fahnen zusammengerollt – hinter den kleinen Rückfenstern entdeckten wir weisse Perücken und Dreispitzhüte, wie sie die Altfranken trugen.
«Das sin d Fahnedräger», erklärte Rosi stolz. Rosi wusste immer alles. Und immer alles besser.
Im zweiten Taxi entdeckten wir das Kostüm des Wilden Mannes, eine riesige Buschle Efeu mit kleinen, roten Tupfen drin – «soo-ne Epfel muesch mer denn hoole. Denn byss-y dry, bikumm bald emool e Buschi und mer kenne hyroote.»
Rosi und mir erschien damals eine Heirat absolut erstrebenswert. Bloss die Eltern waren dagegen. Der Apfel sollte Abhilfe schaffen, so sagte sich Rosi. Wie gesagt, sie wusste immer Rat.
Beim Wild-Maa-Horscht standen die Kleinbasler Maitli und Buebe bereits Schlange. Jemand verteilte aus einem riesigen Waschkorb Zuckerschnecken – köstliche Schnäggeweggli mit fetten Rosinen drin und herrlichem Zuckerguss. Wir streckten ebenfalls die Hand danach aus

und der Mann hinter dem Korb fragte freundlich: «Vo welem Schuelhuus bisch?»

Ich erklärte, ich sei vom «Gotthelf» extra hierhergekommen, weil der Lehrer uns eine Freistunde geschenkt habe. Aber oha lätz! Der kleine Mann schüttelte energisch den Kopf: «Waisch, die Weggli sin numme fir d Drittglässler uusem Glaibasel!» Ich war enttäuscht.

Eben fragte man auch Rosi. «Dritti Glass usem Rosetalschuelhuus…», säuselte sie sanft. Und bekam das Schnäggeweggli! Sie konnte eben immer alles besser.

Beim kleinen Fischergalgen öffnete nun jemand das Fenster. Der Wild Maa erschien und schleuderte eine Handvoll Sunnereedli unter die Kinder – so wie früher wohl die Kaiser die Golddukaten unter das Volk geworfen haben. Immer wieder regnete es von diesen herrlichen, goldbraunen Faschtewaijeli und immer wieder stürzten wir unter lautem Geheul drauf los.

Das Floss war startbereit, der Ofen für die Böllerschüsse beizte – da wehte der Wild Maa mit riesigen Schritten auch schon das schmale Weglein herunter. Wir wollten nach seinen roten Äpfeln greifen, wurden aber von seiner Tanne wuchtig weggefegt. «Du muesch aber ganz aifach aine haa!», rief Rosi verzweifelt.

Da sah ich, wie ein Mädchen dem Treiben stillvergnügt zuschaute, gedankenverloren in der Nase bohrte und einen Znüniapfel in der Hand hielt. Ich bot meinen schönsten Glugger, einen englischen, mit einem Schlittschuhläufer drin – das Mädchen gab mir den Apfel und ich rannte mit der teuer eingehandelten Frucht und mit schlechtem Gewissen zu Rosi.

Sie biss sofort herzhaft hinein, behauptete, sie müsse den ganzen Apfel alleine aufessen, sonst wirke er nicht, und war überaus zufrieden. Zu Hause erklärte sie ihren Eltern, dass sie mich auf der Stelle heiraten müsse. Immerhin sei ein Kind unterwegs…

Die Eltern waren entsprechend erstaunt. Als sich nun nach einem halben Jahr trotz Apfel und allem Hoffen immer noch nichts regte und bemerkbar machen wollte, gestand ich Rosi schliesslich alles. Sie war höchst wütend und behauptete, sie werde mich nie, nie heiraten.

Und sie hat ihr Wort bis heute gehalten!

Viele Jahre später bin ich doch noch zum Wild-Maa-Apfel gekommen. Wir durften den Wild Maa zwecks einer Reportage auf seiner Fahrt zur «Eisernen Hand», zu diesem geheimnisvollen, stillen Gebiet, wo die Wild-Maa-Tännli heranwachsen, begleiten. Immer werden zwei Tannen ausgesucht – und immer versuchen der Förster und die Kanoniere, dem Wild Maa die grössten Bäume anzudrehen:
«Aber nai … doch nit soo-ne myggerigs Dännli doo … du muesch e Danne näh, wo sich seeh loo kaa … nit soo-ne Wischiwaschi-Bääseli …»
Hat man endlich einen Baum gefunden, der alle Parteien zufrieden stellt, wird er samt der Wurzel, die der Wild Maa zum «Würzele» braucht, ausgegraben und das Ereignis mit einem Schluck Wysse begossen.
Ein Blumengeschäft windet zwei Bauchkränze aus Efeu sowie zwei Kronen. Geschickte Hände flechten die roten, polierten Äpfel hinein, sodass sie im Sonnenlicht gluschtig aufblitzen. Mit der Tanne gilt es nun, diese Äpfel hart zu verteidigen. Später taucht der Walddämon sein Bäumlein gar in die Brunnen, spritzt wild damit herum und zaubert so den nötigen Regen (Fruchtbarkeit) für das ganze Jahr herbei. Auch sollte das Wild-Maa-Dännli in alten Zeiten vor der Pest und anderen Krankheiten behüten. Vielleicht hilft es heute gegen das Öl, das da rheinabwärts fliesst – wer weiss?
Während früher der Wild Maa, der Leu und der Vogel Gryff hie und da auch in der Goschdymkischte auftauchten, sind sie heute aus dem Strassenfasnachtsbild fast völlig verschwunden.
Geblieben sind eigentlich bloss zwei Figuren: der Ueli und der Altfranggg. Aber auch die Kostüme der drei «Tiere» haben sich mit der Zeit gewandelt, sie sind heute ein bisschen anspruchsvoller, aber immer noch sehr, sehr schwer an Gewicht. Immerhin wiegt der Vogel Gryff unter seinem Goschdym nach einem Ehrentag bis zu acht Pfund weniger – eine rasante Abmagerungskur also.
Wie täuschend echt früher die Tiere ausgesehen haben müssen, weiss eine lustige Episode anlässlich des Empfangsabends im Café Spitz am Uni-Jubelfest im Jahre 1860 zu berichten.
Auch die Ehrenzeichen waren damals zur Aufwartung geladen. Vor seinem Auftritt spürte der Löwe noch rasch ein sanftes Drücken in der

Magengegend, verdrückte sich schnell, ohne die Maske auszuziehen, und rannte aufs Heiligste aller Häuschen. Vor lauter Pressieren und Magenbrummen vergass er prompt abzuschliessen. Ein Professor aus Greifswalde betrat nun ahnungslos den eigentlich besetzten Ort, fiel über den unerwarteten Anblick fast in Ohnmacht und sauste angstbleich in den Saal zurück, um die anderen zu benachrichtigen – so zumindest weiss es Paul Barth in seinen «Kleinbasler Erinnerungen» zu berichten.

Und: Si non è vero, è ben trovato…

s Däärtli

Wer weiss nicht, was ein Däärtli ist? – Eben!
Früher haben wir es an einem Sonntag im Bäckereischaufenster aussuchen dürfen.
Da gab es den Mohrenkopf. Und die Cremeschnitte. Natürlich den braun gepuderten Marzipanhärdepfel. Und den Punschring, über den die Bäckersfrau dann mit einem Flacon noch etwas Rum regnete. Sparsam. Denn für 40 Centimes konnte man nicht allzu viel verlangen…
Das Diplomat trug einen Papierfaltenrock und wurde mit einem Schlagrahmhut garniert. Im Hut aber hockten immer – wie funkelnde Rubine – kandierte Kirschen. Und zwinkerten den Schleckmäulern verführerisch zu.
Däärtli – das ist so eine Orgie von Kalorien und Farben. Rose-Marie hat sich davon zu diesem herrlich bunten Kostüm inspirieren lassen.
Die Sache ist gut gepolstert – so wie die Taille des Däärtli-Schlemmers nach dem neunten Mohrenkopf auch.

dr Drummelhund

Man kennt die Basler Trommelhunde. Sie sitzen am Stammtisch. Und sie referieren über Bataflafla. Über Fünferrufe. Und über Tempo.
Ob Weihnachten, ob Osterhase – Trommelhunde knurren immer nur in einem Ton: Bataflafla… bataflafla. Und wehe, wenn ihnen einer widerspricht – dann heben sie das Bein, zeigen Zähne und gründen eine neue Clique.
Am schlimmsten treiben es die Trommelhunde vor dem Pryysdrummle. Dann sind sie nicht mehr zu bremsen. Die Frauchen der Hunde können ein Lied davon bellen – Tag und Nacht stehen sie vor dem Böggli, schlegeln und schlegeln und träumen vom goldenen Halsband mit der Eins drauf: Trommelhundkönig.
An der Fasnacht erkennt man die Trommelhunde an ihrem Standort: Sie marschieren meistens vorne rechts. Oder hinten links.
Wenn ein gewöhnlicher Tambour einmal einen Schlag in die Pause jagt, zucken sie böse zusammen und brüllen: «Wär isch das gsi?!»
Man tut dann gut daran, zu schweigen und den Hund austrommeln zu lassen. Denn Trommelhunde, die ruessen, beissen nicht…

Hundskopf-Larve, goldenes Halsband mit Medaille, Hasenbein zu kurz, darüber zweiter Overall Patchwork aus gestreiftem Stoff, Kittel imitation, lange Hosen aus Plüsch bei Reiss, lange Ärmel, Overall: lange

d Pfyffer-Primadonna

Die Pfyffer-Primadonna ist das Pfeiferpendant zum Drummelhund. Sie trägt – jahraus, jahrein – ihr Piccolo mit sich. Meistens sogar drei. Eines für Sopran. Eines für Alt-Stimme. Und eines aus Silber – nur zum Herumzeigen.

An Weihnachten pfeift sie «Oh du fröhliche…» unter dem Weihnachtsbaum. Und spätestens nach dem Dreikönigstag ist sie überhaupt nicht mehr zu bremsen – ein Dampfkochtopf, der unter dem Druck des Pryyspfyffe steht: ständig im Pfiff.

Viele Pfyffer-Primadonnen haben ihre eigenen Kostüme – so wie auch die Callas ihre eigenen Kostüme trug: etwa den Chinesen (ein Hauch von Madame Butterfly). Oder den Landjäger (an Fidelio angelehnt).

Rose-Marie hat nun das Primadonnen-Kostüm entworfen: angenehm zu tragen, bei den schwierigen Läufen nicht behindernd, tempoanschmiegsam.

Für Primadonnen, die sich eher in der Hosenrolle sehen, gilt das Modell «Marlène» – mit Dietrich-Zylinder und Schwalbenschwanz. Man beachte aber stets den Vogel auf dem Hut – denn der Vogel gehört zu jeder Primadonna.

Das Prachtstück

Fanny schloss schluchzend den Koffer. Fertig. Aus. Das wars.
Sie schneuzte nochmals trompetend durch und wollte eben aus dem Haus gehen, als ihre Schwiegermutter Erna auf der Schwelle erschien: «Was ist los? Verreist du? So kurz vor dem Morgestraich?»
Nun brach die Staumauer. Fanny legte heulend los: «Ich gehe für immer. Hans hat eine andere...»
Sie warf sich der alten Dame an den üppigen Busen. Und dicke Tränen tropften auf die Bluse: «...seit zwei Monaten schon betrügt er mich. Ich habe nur nie etwas gesagt. Schliesslich bin ich eine emanzipierte Frau. Ich dachte: Sei grosszügig! Hans wird schon wieder zur Vernunft kommen. Aber gestern – das ging zu weit!»
Erna schob die Schwiegertochter sanft von sich, dirigierte sie in die Küche und schob ein Paket mit Fasnachtskiechli über den Tisch: «So. Jetzt trinken wir zuerst Mal einen Espresso. Und dann erzählst du mir alles ... ich kenne meinen Sohn. Und ich kann mir nicht vorstellen, dass er...»
«ER HAT!», unterbrach Fanny sie heftig. «Gestern hat ers zugegeben. Es sei ein ‹PRACHTSTÜCK›, hat er gesagt!». Fanny schluchzte wieder laut auf, «...und er werde sie mir am Sonntag vorstellen!»
Beim Espresso wurde die Geschichte aufgerollt: Seit drei Monaten verschwinde Hans jeden Abend. Er mache ein Riesengeheimnis draus. Als Ausrede würde er d Wirbler, seine Fasnachtsclique, vorschieben.
«Anfangs glaubte ich alles. Ich wusste ja, dass die Basler rund um die Fasnacht durchdrehen. Als Zürcherin kapierst du diese Gene nicht. Aber als emanzipierte Frau habe ich alles toleriert: seine Trommelstunden, diesen ganzen Cliquenzauber ... ich hatte ja mein Yoga.»
«Ja und?», drängte nun die Schwiegermutter und schob das Yoga energisch zur Seite.
«Also – gestern ging er wieder weg. Zur Clique, wie er sagte. Gegen acht Uhr rief Heiri, der Trommelchef, an. Er suche Hans. Nein – in der Clique sei er nicht. UND JETZT KOMMT DAS BESTE: Hans habe sich schon seit zwei Monaten nicht mehr beim Trommeln gezeigt!»

Fanny zerbröckelte in der Erregung ihr Fasnachtskiechli, sodass es weisse Zuckerwolken über den Tisch schneite.
«Als er heimkam, habe ich ihm klipp und klar die Wahrheit an den Kopf geworfen: ‹Du hast seit zwei Monaten eine Freundin!› Und weisst du, was er geantwortet hat?»
Erna hielt den Atem an.
Fanny heulte auf: «Ja – ein Prachtstück. Am Sonntag wirst du sie kennen lernen.»
Einen Moment lang liess Erna ihre Schwiegertochter vor sich herwimmern. Dann strich sie ihr über den Kopf: «Fanny, was haben wir im Yoga gelernt? Die innere Ruhe versetzt Berge! Also – du wirst nicht abreisen. Du wirst dich den Tatsachen stellen. Ich komme mit zur Laternenvernissage. Und wenn ich dieses Flittchen mit ihm sehe, werde ich beide persönlich durchprügeln. Innere Ruhe hin oder her!»

An eben diesem schönsten aller Sonntage, wenn die Basler ihre Laternen abholen, holte Erna ihre Schwiegertochter ab: «Versuch einfach, cool zu bleiben. Wenn du sie siehst, bleibe freundlich. Nur keine Nerven zeigen.»
«Du hast gut reden – es ist m e i n Mann», schnüffelte Fanny.
«Es ist m e i n Sohn», lächelte Erna, «und ich will meine Schwiegertochter nicht verlieren!»
So hakten sie einander ein. Und gingen zum Münsterplatz, wo die Wirbler vor ihrer Laterne warteten. Läckerli wurden verteilt und Weisswein in Zinnbechern ausgeschenkt.
Erna und Fanny äugten gespannt umher – Hans stand strahlend vor der riesigen Lampe. Er redete auf seine Trommelkameraden ein. Doch weit und breit war kein «Prachtstück» zu sehen.
«Er hält sie versteckt – dieser Feigling!», zischte Fanny ihrer Schwiegermutter zu. Diese bekam eben einen Zinnbecher mit perlendem Féchy in die Hand gedrückt: «Na Erna – was sagst du zu deinem Sohn? Ist er nicht immer wieder für eine Überraschung gut? So eine Prachtlampe hatten wir noch nie … Schau nur dieser rote Teppich. Der ist ihm ganz besonders gelungen. Und …»
Da kam Hans auf die beiden Frauen zu: «Darf ich euch vorstellen:

Das ist mein Prachtstück. Ich wollte mich in einer Laterne mal selber verwirklichen – und habe mich zwei Monate lang im Laternenmalen versucht.»

Hans schaute etwas verunsichert zu seiner Frau, die schluchzend in den Armen der Schwiegermutter bebte. «Was hat sie denn?»

Erna schaute ihren Sohn liebevoll an: «Das Prachtstück wird sie überwältigt haben!»

dr Vogel

«Y bikumm Veegel», heisst einer der Schreckensrufe in Neolinguistig. Zu Deutsch: in Neudeutsch!
Vögel fliegen überall in unserer Region herum: Galgeveegel, Spassveegeli, Gockelhähne, Nestbeschmutzer und Gluggen aller Arten.
Sogar die Cliquenzüge pfeifen mit den Veegel durch die Gassen. Kurz: Die Vogelei ist allemal ein Sujet.
Der Gockelhahn gäbe nun einen wunderbar stolzierenden Tambourmajor ab – so einer wie an den Bummelsonntagen, wenn die Freie Strasse runtergegockelt wird.
Und d Gluggere wäre eine dieser Hennen, die ihre Brut ewig begluckt. Niemanden von der Leine lässt. Und wo Hotel Mamma zur Lebensaufgabe und zum bequemen Nest ihrer Jungen geworden ist.
Und das Wichtigste: In diesem Goschdym ist es jedem und jeder veegeliwohl. Wie den Fischern mit Veegeli-Vau…

s Bliemli

«Gimmer au e Bliemli», rufen Frauen und Kinder (und auch einige Männer der speziellen Sorte) den Waggiswagen oder Chaisen zu.
S Bliemli hat an der Fasnacht eben immer eine ganz spezielle Rolle gespielt.
Zwar hat die Basler Spitzzunge jeweils alles direkt und giftig ausgespuckt – und Wahrheiten nie verblümt durch die Blume gesprochen. Dafür ist die Fasnacht da. Um Luft abzulassen und Eiterbeulen aufzustechen. Da darf man keine Mimose sein.
Mimosen ihrerseits aber sind an der Fasnacht dazu da, jemandem den Frühling zu bringen. Einen Atem lang die Sonne der Riviera. Und ein bisschen Fasnachtsglück.
Tonnenweise werden die Mimosen, wie sie hier Rose-Marie als Goschdymvorschlag gezeichnet hat, für die drei Fasnachtstage nach Basel eingeflogen.
Überhaupt hagelts für die Frauenwelt Tausende von Blumengrüssen (weshalb eigentlich werden immer nur die Frauen mit Blumen gesegnet?). Das nachtblaue Veyetlistrüssli ist zwar etwas aus der Mode gekommen. Wohl des Preises wegen. Schade. Dafür gibts nun Nelken und Röslein aller Arten.
Dennoch: Die Fasnachtsqueen der Blumen bleibt s Mimöösli!

PS: S Häbseli ist auch eine Mimöösliart und als kleinbaslerisches Vorfasnachtskräutlein zu verstehen.

d Häx

Früher haben sich Klein und Gross vor Hexen gefürchtet. Sie waren Kinder verschlingende Weiber aus Hänsel und Gretel. Scheusslich anzuschauen. Und immer mit Warzen.
Hexen hatten den bösen Blick, konnten einem die Gicht an den Ranzen wünschen und von der Leiter fallen lassen.
Heute? Seit zwei, drei Jahrzehnten sind die Hexen Lieblingsfiguren der weiblichen Kinderszene geworden. (Bei den Männern hext es seit Harry Potter – dem Junghexerich mit der Nickelbrille.)
Hexen sind witzig, frech, megacool und irre gescheit.
Die Walpurgisnacht wird zum intellektuellen Besenreitertreffen. Und – wie so oft – fliegen die listigen Hexen den Männern elegant um die Ohren.
Wär doch etwas für den Vortrab! Und ist auch ein Goschdym, das man aus alten, abgelegten Kleiderstücken bestens zusammenstückeln kann.

PS: I: Hexen hexen auch in verschiedenen alemannischen Fasnachtsbräuchen.

PS: II: Und zum Vorreiten: Es muss nicht immer das Stäggeressli sein, ein Besen tuts auch!

Ausbruch aus dem Altersheim

Es war noch stockdunkel, als Anna Meister durch den Gang des Altersheims schlich. Sie sah etwas unordentlich aus. Die wenigen Haare, die sie noch hatte, standen reaktionär vom Kopf ab. Über das Flanellnachthemd hatte sie sich ihren dicken Wintermantel angezogen. Unter dem Nachthemd trug sie die alte Skihose. Gottlob ists frühlingshaft warm, nickte sie sich selber Mut zu. Irgendwo schlug eine Uhr drei Mal.

Anna Meister öffnete vorsichtig die Tür. Auf der Strasse spukten Gestalten durch die Nacht. Und die alte Gestalt fühlte einen leisen Schauer: Wie lange hatte sie das nicht mehr erlebt? Wie viele Male hätte sie gerne den Basler Morgestraich besucht! Aber Mina Schneider, die Oberin des Altersstifts, war eine energische Frau: «Mit 83 Jahren ist das einfach unverantwortlich, Frau Meister – Sie könnten umgestossen werden. Oder Sie holen sich eine Lungenentzündung. Nein. Schauen Sie sich den Morgestraich im Fernsehen an. Und mittags gehen wir dann alle zusammen an den Cortège – das ist doch fein so!»

Anna seufzte. Alles war fein in diesem Altersheim – selbst der Name «Abendstille». Aber ihr wars hier mitunter zu abendstill.

Die alte Frau ging nun durch die Vorstadt. Masken mit geschulterten Trommeln hasteten an ihr vorbei. Aufgeregte Kinder knipsten ihre Kopflaternchen an und aus.

Gottlob liegt das Altersstift mitten in der Stadt, dachte sich Anna Meister. Und ging auf den «Schlüssel» zu.

Vor dem Restaurant standen bereits die ersten Laternen. Ihr Innenleben wurde angezündet wie ein Weihnachtsbaum. Das Kerzenlicht erhellte nun den Spott der Stadt und die Sujets, die dieses Jahr Trumpf waren.

Anna Meister spürte, wie ihr Herz zu zittern begann. Vermutlich hatte die Schneider recht gehabt: Es war einfach zu viel für sie. Zu viele Emotionen und Erinnerungen – sie lächelte leise vor sich hin: Ihre Schwiegertochter hatte eine Riesenszene gemacht, als sie erklärt hatte, sie wolle wieder einmal an einen Morgestraich. Und ihr Sohn hatte ihr die Hand gestreichelt: «Aber Mamme, aus dieser Zeit bist du doch raus!»

Nur ihre Enkelin Katja hatte ihr zugezwinkert. Sie war Pfeiferin in einer Miniclique und hatte ihr beim Abschied zugeflüstert: «Natürlich gehst du an den Morgestraich, Omi. Unser Grüpplein nimmt vor dem Vier-Uhr-Schlag noch eine Mehlsuppe im ‹Schlüssel› – du kannst dort zuschauen, wie wir abmarschieren.»

Etwas unsicher betrat Anna Meister die Wirtsstube. Übernächtigte Gestalten löffelten die traditionelle Suppe. «Da sind wir!», rief Katja. Und dann: «Aber wie siehst du denn aus? Das ist ja ein Nachthemd!» «Ja», grinste Anna, «damits keiner merkt, wenn ich wieder zurückkomme.»

Die Jungen lachten und bestellten für Anna die Mehlsuppe. Selten hatte sich die alte Frau besser gefühlt. Sie löffelte nicht nur die Suppe – sie löffelte auch die Erinnerungen an ihre jüngsten Mädchenjahre, als sie immer gerne Fasnacht gemacht hätte, aber dies für Frauen noch schier unmöglich war. Ihr Vater hatte es ihr mit Androhung von Schlägen verboten. Und natürlich war sie trotzdem abgehauen – genau so wie heute.

«Und was ist passiert?», wollte Katja wissen. Anna grinste: «Sie haben mich in ein Mädchenpensionat gesteckt – da war wie jetzt im Altersheim alles verboten.»

Die kleine Gruppe machte sich zum Abmarschieren bereit. Einer der Tambouren streckte Anna eine Larve zu: «Hier. Die haben wir immer als Reserve dabei. Lauf mit! Da ist noch ein alter Teppichklopfer – damit kannst du uns Platz machen.»

Und so kam es, dass Anna Meister beim vierten Glockenschlag vor dem Cliquentross ihrer Enkelin in die dunkle Nacht hinaus marschierte. Und ihre erste aktive Fasnacht mit 83 Lenzen erleben durfte.

Die Laternen funkelten wie tausend Feuer – Anna Meister wars, als würde sie über die Milchstrasse schweben. Sie spürte, wie ihr die Tränen unter der Larve die Backen herunterkullerten – sie war glücklich und traurig zugleich. Und sie wusste, dass dies mehr als Fasnacht war. Das war ihr Leben. Sie hatte an diesem Montag noch einmal ganz am Anfang beginnen dürfen.

Mina Schneider wunderte sich, als Anna Meisters Platz am Frühstückstisch um neun Uhr immer noch leer war. Sie klopfte ans Zimmer der Pensionärin – dann trat sie ein.
«Das gibts doch nicht…», flüsterte sie.
Anna Meister lag in Wollmantel, Nachthemd und Skihosen auf dem Bett, in ihren Händen hielt sie einen Teppichklopfer. Ihr Schnarchen war leise. Aber eindringlich.
Vorsichtig, fast zärtlich nahm die Altersheimleiterin der schlafenden Frau den Teppichklopfer aus der Hand – diese erwachte. Rieb sich die Augen. Und schaute die Heimleiterin schuldbewusst an: «Habe ich verschlafen?»
Mina Schneider lächelte: «Ich habe ihnen einen Teller mit Mehlsuppe auf die Seite gestellt. Aber ich vermute, das ist heute nicht ihre erste…»

dr Muffdi

Fasnacht ist der Spiegel des Alltags. Und zum Basler Alltag gehören auch all diejenigen, die aus anderen Ländern hiergezogen sind. Und mit uns gemeinsam leben.

Natürlich sind wir Bebbi das Völkergemisch gewohnt. Das machen schon die zwei Länder aus, die an unsere Stadt grenzen. Und dann das Baselbiet, das man sicherlich auch als ureigenes, bodenständiges Ländlein bezeichnen kann.

In neuerer Zeit sind dann die Italiener, die Türken, Albaner, Tamilen, Marokkaner hinzugekommen – sie machen aus Basel ein buntes Gemisch, bringen ihre Kultur in den Basler Tag ein – und mitunter die Probleme.

Trotzdem – ein Leben ohne sie wäre farblos fade!

Und auch in der Fasnachtsszene mischen die Junggenerationen von Italienern und Türken zünftig mit. Sie tanzen im kleinen Gryffe-Spiel (und dies hervorragend) oder sie trommeln und pfeifen in den jungen Garden (auch hier: bravourös).

So wollen wir ihnen also ebenfalls ein Goschdym widmen – als Signal für die Integration: einen Muffdi, der statt des Säbels einen Baslerstab im Gürtel trägt.

Denn eines ist nicht von der Hand zu weisen: Das Herz dieser jungen Ausländergeneration schlägt für Basel.

dr Altfrangg

Stolz sieht er aus, dieser Altfrangg – stolz, aber auch ein bisschen dumm. Fast muss man an Molières «bourgeois gentil homme» denken. Leider verschwindet das Kostüm je länger, je mehr aus den Fasnachtskästen. Vielleicht, weil es keine edlen Bürgersleute mehr gibt? Oder vielleicht, weil man die «Uniformierung» der Fasnacht vermeiden möchte?

Mit dem Altfrangg haben die Basler sich über die edlen Bürgersleute lustig gemacht. Ihr eigentliches Vorbild sieht man noch am Vogel Gryff in der Figur der Bannerträger – aber sonst? Bloss hie und da taucht noch einer wie eine Gestalt aus früheren Zeiten in den Gassen oder in der traditionellen «Hylgschicht» von Hans Räber auf. Nein, uniformierte Fasnachtsgestalten sind selten geworden, die «alten Schweizer» fast ausgestorben – hier bietet sich eine Gelegenheit, sie wieder auferstehen zu lassen.

dr Pirat

Piraterie ist zum Volkssport geworden: Geklaute Louis-Vuitton-Taschen oder Dior-Sonnenbrillen sind Alltag. Imitierte Rolex-Uhren auch.

Im Internet klauen wir die Musik. Oder laden Filme herunter. Und selbst Cliquen klauen sich die Sujets untereinander. Na ja – die heutige Cool- und Klauesüüchy, wenn man so will…

Der Pirat hier ist ein Super-Tambour. Vielleicht ein Mariner. Ein Kemmifääger? Oder ein Top-Secret-Star?

Dieser Ruhm wäre dann übrigens nicht geklaut. Sondern hart ertrommelt!

s Schwöbli

Man hört es doch immer wieder. Und überall: «Dasch kai Fasnächtler.» Oder: «Das macht me an dr Fasnacht nit.»
Wir Basler können uns manchmal gar nicht vor Lachen erholen, wenn wir den Prinzen Karneval mit der Narrenkappe sehen. Und vergessen, dass vor hundert Jahren auch Basel seinen Prinz Karneval hatte. Mit Narrenkappe. Und so.
Oder da kommen zwei Pfeifer. Es sind Redaktionskollegen von mir. Johann wohnt seit einem halben Jahr in Basel. Er kommt aus Bern. Martin wiederum erst seit vier Monaten – er ist aus Baden hierher gezogen. Die beiden haben innert drei Monaten pfeifen gelernt – so wie man innert drei Monaten eben die Kunst des Piccolos erlernen kann. Nicht übel. Sie haben schliesslich auch jeden Abend geübt, haben Kostüme gebastelt, konnten zehn Tage vor dem Morgestraich vor Aufregung kein Auge mehr zutun (geschweige denn, einen politischen Artikel schreiben) – also: Die beiden schweben nun auf Wolken und pfeifen ihren Arabi mehr schlecht als recht. Aber glückselig.
Ich gässle hinter den beiden her – und bin traurig. Denn da zischt es: «Also so etwas sollte das Comité verbieten – die können ja nicht einmal den Lauf zusammen.»
Und: «So etwas schadet einfach unserer Fasnacht – ich habe ja nichts gegen Anfänger. Aber die gehören doch in Aussenbezirke.»
Und: «Skandal… das ist einfach ein Skandal! Wie kann man nur – also wirklich: ein Skandal!»
Tatsächlich – solches Verhalten ist skandalös. Die Fasnacht ist nicht verstaubte Tradition, die Fasnacht hat sich immer wieder verändert und entwickelt.
Unsere Grossmütter reden von der einzig selig machenden Fasnacht im «Storgge». Unsere Väter denken mit roten Augen an die «33er-Feste» zurück. Und unsere «Gnäggis» reden bereits vom «Bermudadreieck». Was solls? Fasnacht ist dazu da, jeden selig zu machen. Und jeden nach seiner eigenen Façon. Wie auch das Schwöbli, von dem wir hier erzählen wollen.

Das Schwöbli also war ein solches. Aus dem Schwabenland. Studentin in Basel. Und von der Fasnacht völlig aagfrässe.

Sein Verlobter – nennen wir ihn Haiggi – trommelte in einer Clique mit. Ein guter Trommler – fast schon ein Startrommler. Das Schwöbli ist hinter ihm hergebummelt. Drei selige Fasnachtstage lang. In voller, stummer Bewunderung – dem Haiggi wars recht. Jeder Startrommler lebt von der Bewunderung. Oder anders: Die Verehrung am eigenen Leib ist das «Schappi» des Trommelhundes. Bestialisch gesprochen.

Zurück zum Schwöbli – nach der Fasnacht wollte es seinen Haiggi überraschen. Es nahm still und heimlich Piccolo-Stunden. Mit dem Eifer der Nichtbaslerin lernte es schnell, konnte bald die ersten Märsche, freute sich auf die Überraschung, wenn es am Morgestraich seinem Haiggi den Marsch pfeifen würde.

Zusammen mit den andern Pfeiferschülern gründete sie ein Schyssdräggziigli – der grosse Moment kam. Das Schwöbli versprach dem Haiggi, ihn nach dem Morgestraich bei der Börse abzuholen. Der fiel natürlich aus allen Wolken, als es in einem Kostüm angerauscht kam. Es fiel ihm um den Hals: «Was sagst du jetzt?»

Haiggi schaute geniert nach links und rechts: «Also wirklich! Ausgerechnet du in einem Kostüm. Das ist doch nur für Basler. Zieh dich sofort um!»

Das Schwöbli sperrte ungläubig die Augen auf: «Aber ich habe doch pfeifen gelernt, ich kanns richtig gut. Wir könnten jetzt zusammen…»

Doch da ist dem Haiggi auch schon der Kragen geplatzt: «Du und pfeifen! Du vergisst wohl, woher du kommst… meinst du, ich will mich blamieren, mit deinem Dialekt… zieh jetzt endlich das Kostüm aus!»

Das Schwöbli zog aber nicht das Kostüm aus. Es zog den Ring vom Finger: «Wenn dir der Basler Trommelreif wichtiger ist, bitte!»

Damit ist die Geschichte vom Schwöbli nicht zu Ende – nur die Episode vom Haiggi mit dem Schwöbli.

Letzteres pfeift nun schon die vierte Fasnacht beim Schyssdräggziigli mit. Die kleine Gruppe ist so etwas wie eine Oase für Ausländer geworden – die Geschichte hat sich nämlich bald einmal herumgesprochen. Und weil eine Schwedin, ein Italiener und zwei Tschechen nicht dasselbe wie das Schwöbli erleben wollten, haben sie sich dem Ziigli angeschlossen. Man erkennt sie daran, dass sie während der Pausen im «Löwenzorn» oder im «Sperber» kaum ein Wort reden. Nur manchmal flüstern. Denn sie fürchten die Intoleranz der Basler, vor allem der Fasnächtler.

Wenn sie aber einstehen und durch die Gassen jubilieren, bleibt manch ein Bebbi ehrfurchtsvoll vor dem Züglein stehen: «Hei – das fäggt! Das isch denn Muusig!»

Und unter den Larven lächeln die Gesichter etwas wehmütig.

dr Venezianer und d Venezianere

Natürlich ist Venedig die Fasnacht der Schönen, der Edlen. Na ja – aber nicht unbedingt diejenige der besonders «Glungene».

Venedig mit seiner bizarren Karnevalspracht und den typischen Masken hat unsere Goschdymzüge seit der Operette «Eine Nacht in Venedig» und seit TUI-Reisen immer wieder geprägt.

Pfeifende Salieri haben nach dem Mozartfilm Basels Fasnachtsgassen verdunkelt. Der Spuk von Venedig ist seither allgegenwärtig – für alle, die eine schöne, seidene Fasnacht haben möchten. Denn auch maskenlos gibt so ein weisses Spitzenjabot immer viel her. Und eine purpurne Samtmantille ebenso.

Mozart wird heute bei diesem hohen Piccolo-Niveau eh immer wieder von den Pfeifer-Primadonnen intoniert – und das Rondo Veneziano ebenfalls.

Weshalb also nicht gleich als venezianischer Mozart durchs Imbergässli gondeln?

s Blueme-Anni

Die Blumenfrau verlangt viel Stoff, viel Geduld und viel Arbeit – denn ohne Fleiss kein Blumensegen. Und gerade die Kreation der einzelnen Tulpen, Rosen, Mattebliemli, Veyetli und so weiter braucht nicht bloss Begabung, sie braucht auch Geschick und Ausdauer.
Selbstverständlich kann man die Blumen auch kaufen – es gibt in den Boutiquen die verschiedensten Arten in den mannigfaltigsten Materialien – doch bereiten selber «gezüchtete» und zusammengestellte Stoffblumen noch immer mehr Spass.
Als Garnitur für die Blütenbollen könnte man feine Grälleli verwenden – da oder dort darf ruhig auch einmal ein rarer Basler Maikäfer krabbeln.
Weshalb muss es immer der Blueme-Fritz sein? Jetzt ist es eben ein Blueme-Anni. Und damit die Kirche im Dorf bleibt, radelt der Blumenverkäufer für drei Tage als Zyttigs-Fritz auf seinem Göppel herum.

s Junteressli

Die Junteressli haben zusammen mit den Vorrytern Frau Fasnacht «Adieu» gesagt. Oder zumindest fast «Adieu». Denn hie und da sieht man noch eines dieser Kartonressli durch die Gassen hoppeln und als Vortrab (oder Vorryter) die Leute auf ihren Platz zurückdrücken.

Das Junteressli, das früher ganz einfach aus Sparmassnahmen einem richtigen Pferd vorgezogen worden ist, wird vom Clique-Bäscheler auf die Welt gebracht. Seine Geburt (die des Junteressli) erfordert viel Geduld, viel Zeit und viel Geschicklichkeit. Das Ross wird der Reitermaske – oder im Zeitalter der Emanzipation auch der Amazone – angehängt; dabei sollte man die beiden ausgestopften Beine nicht vergessen, die vom Sattel herunterbaumeln müssen.

Selbstverständlich kann so ein Junteressli auch als Pfeiferkostüm komponiert werden, doch sollte man immer bedenken, dass es ein beträchtliches Gewicht hat und viel Bewegungsfreiheit fordert.

Die gestohlene Trommel

Paul Stark kochte vor Wut. Nun stand diese Trommel schon wieder im Hausgang! Hundert Mal hatte er dem jungen Hallodri, der vor vier Monaten eingezogen war, eingepaukt, dass dieser Hausgang kein Parking für Trommeln sei.
Aber Kurt hatte den Hauswart nur ausgelacht: «Die stört doch keinen!» Typisch. Die Unverfrorenheit der Jugend.
Der Abwart schälte knurrend seinen Schraubenzieher aus der Hose: «Na warte, Bürschchen – dir werden wir schon noch Ordnung beibringen!»

Kurt legte die Trommelschlegel neben das Böggli – die «Määrmeli» lief schön. Die Marschübung konnte beginnen!
Er warf sich den Mantel an, rannte in den Hausgang zu seiner Trommel. «Willkommen zur ersten Marschübung!», klopfte er ihr zur Begrüssung an den Holzrand.
Kurt hatte den Kübel auf Weihnachten von seinen Eltern bekommen – die Trommel war sein ganzer Stolz. Er wollte sie eben aufbuckeln, als er das eingekritzelte Ausrufezeichen im funkelnden Metall sah.
«Ja, da soll mich doch gleich!», tobte er. «Wer hat denn das verbrochen?!»

Paul Stark und Kurt redeten nun nicht mehr miteinander. Es hatte eine böse Szene gegeben. Kurt wollte den Abwart wegen Sachbeschädigung verklagen – Paul Stark versprach eine Gegenklage wegen Ruhestörung, weil Kurt stets bis nach Mitternacht auf dem Böggli rumwirble. Der Kronleuchter – ein wertvolles Stück aus Tschechien – würde jedes Mal Walzer tanzen …
Die Vorfasnacht setzte dann gottlob andere Schwerpunkte – und so dümpelte der Streit mit gegenseitigem Nichtbeachten vor sich hin.
Wenn Kurt aber mit dem Kübel an die Marschübungen ging, stach ihm das eingekritzelte Ausrufezeichen jedes Mal direkt ins Herz. «Dich pack ich schon noch!», brummte er dann. Und ruesste fortissimo seinen Frust weg.

Es war ein Traum-Morgestraich gewesen. Kurt und sein Schyssdräggziigli hatten die Gassen im Kleinbasel genossen. Später zogen sie über die Mittlere Brücke und gingen bis gegen halb neun Uhr beim Bermudadreieck um. In der Hasenburg nahmen sie einen letzten «Kaffi fertig». Am Abend wollten sie sich wieder auf dem Andreasplatz als Ruesser zum Gässle treffen.
Auf der Strasse herrschte nun das übliche Gewusel von Fasnächtlern und Touristen. Als Kurt seine Trommel nehmen wollte, fühlte er, wie eine eiskalte Hand ihm ans Herz ging … der Kübel war verschwunden!

Im Fernsehen hatte die Übertragung des Cortège begonnen. Kurt stierte lethargisch auf den Bildschirm. Er fühlte sich elend wie damals, als seine Freundin mit ihm Schluss gemacht hatte.
«Das ist jetzt bereits die zwölfte Anzeige!», wurde ihm auf dem Spiegelhof mitgeteilt. «Die Touristen kennen eben keine Grenzen. Sie nehmen die Trommeln als Schirmständer mit!»
Für Kurt war die Fasnacht gelaufen. Er spürte eine bleierne Traurigkeit, als es schellte. Erst blieb er in seinem Fauteuil liegen. Aber die Glocke klingelte unerbittlich.
Kurt schaute durchs Guckloch. Draussen stand Abwart Stark. «Nein, der nicht auch noch!», seufzte Kurt.
Da entdeckte er etwas Glänzendes neben dem Mann – eine Trommel. SEINE TROMMEL!
«Jetzt öffnen Sie schon, Sie Weichei!», rief der Abwart ungeduldig.

Bei einem Kaffee musste Abwart Stark seine Geschichte erzählen: «Also – wie ich da eben vom Morgestraich heimlaufen wollte, sah ich eine Gruppe deutscher Touristen. Einer hatte eine Trommel auf dem Rücken gesattelt – also das kam mir schon ziemlich spanisch vor. Als ich dann aber das Ausrufezeichen oder eben MEIN Ausrufezeichen sah, wusste ich alles – ich stellte den Mann. Auf Prügel wollte er es nicht ankommen lassen.»
Kurt schluckte drei Mal. Er schaute den Abwart mit roten Augen an: «Also ehrlich – Sie haben mir die Fasnacht gerettet. Das vergesse ich Ihnen nie. NIE!»

«Na ja – nicht der Rede wert», brummte Paul Stark. «Passen Sie künftig einfach besser auf Ihren Kübel auf. Und wegen der Kritzelei – wir können das ja wegschleifen lassen.»
«Wegschleifen?!» Kurt schrie auf. «Nie im Leben – Ihr Ausrufezeichen hat mir Glück gebracht. Es ist mein Gütesiegel. Das bleibt!»
Abwart Stark gab dem strahlenden jungen Mann die Hand: «Na, dann will ich mal nicht so sein – üben Sie, wann immer Sie wollen. Von mir aus bis drei Uhr morgens … der Kronleuchter ist eh nur ein Hochzeitsgeschenk der Schwiegermutter …»

Eine halbe Stunde später zog ein Trommler ganz alleine durch die Gassen – in der Sonne funkelte ein Ausrufezeichen vom Kübel. Und unbeaufsichtigt hat Kurt seine Trommel nie mehr stehen lassen – auch im Hausgang nicht!

dr Pierrot

Der Pierrot strömt etwas Melancholisches, Trauriges aus – sein Gesicht ist klassisch schön, sein Kostüm einfach, fast vornehm: Mittelpunkt bilden die grossen Pompons, die enorme Rüsche, die den Hals umweht, die weite, lange Jacke (unter der man sich so praktisch warm anziehen kann) und ebenfalls weite, lange Hosen.
Die Haare sind strähnig, aber dicht. Auf dem Kopf sitzt wie ein stilles Basler Krönchen das schwarze, randlose Filzkäpplein mit der Pfauenfeder.
Pierrots wurden früher häufig als Kinderkostüme verwendet. Auf eine Larve hat man damals verzichtet und dem Gnäggis ganz einfach die Backen knallbummsrot angemalt (nein, diese karnevalistischen Basler Zeiten liegen noch gar nicht allzu lange zurück!).
Heute besinnen sich auch die Stammcliquen auf das alte, klassische Kostüm, das aus der Kiste der französischen Comédie entsprungen ist und den italienischen Arlecchino als Vorbild hatte.
Und nicht vergessen: Der Pierrot ist das Stammgoschdym des Dupf-Clubs.

dr Dummpeter

Nachdem der Dummpeter in den Vorkriegsjahren fast ausgestorben war, erlebte er in den 1970er-Jahren eine farbenfrohe, reiche Renaissance.

In allen Gassen wippte an der Fasnacht sein lustiger, kleiner Zopf – die Farbtöne schweben vom zarten Hellblau bis zur dezenten Schwarzweisskombination.

Das Gesicht des Dummpeters hat etwas Verträumtes, fast Kindliches – seine Pfuusibacken prädestinieren ihn eigentlich zum Pfeiferkostüm, sein herrlicher Kopf, der immer sehnsüchtig himmelwärts gneisst (vielleicht überlegt er drei Tage lang, ob es der andere «dumme» Petrus wohl regnen lässt oder ob er sich von der besten Fasnachtswetterseite zeigt), dieser Kopf also kommt beim Tambour allerdings noch besser zur Geltung.

Wichtig sind die Jabots, die Rüschen, die weisse Perücke mit dem Zopf und dem lustigen Käppli. Früher trugen die Dummpeter immer ungleichfarbige Strümpfe (sie sind eben wirklich ein bisschen dumm) – als Requisit hing ihnen ein kleines Trompetlein auf dem Bauch: dr Drummpeter. Ein paar Leute, die es wissen sollten, sagen, dass dieses Instrument der tönende Beweis für den «Drummpeter» sei. Dieser Peter habe ein kleines Knüppeli auf der Zunge gehabt, das «R» nicht richtig aussprechen können (gerade wie der Lälle-Seppli) und somit aus einem «Drummpeter» einen «Dummpeter» gemacht.

Eine andere These wiederum behauptet, die Figur sei vom Pierrot (Peter), dem aus dem Arlecchino hervorgewachsenen Melancholiker, beeinflusst worden.

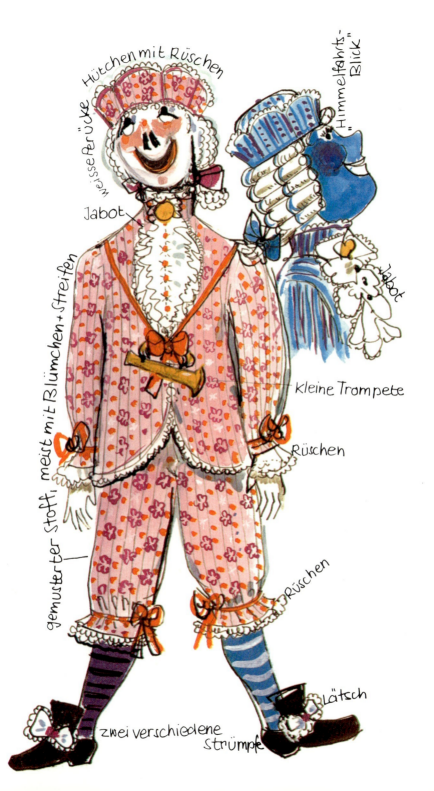

dr Blätzlibajass

Der Blätzlibajass ist ein Fleisskostüm. Wenn irgendein Basler Düpfi seinem Herzallerliebsten einen Blätzlibajass näht, so ist das eine Liebesversicherung.

Nun ist es nicht so, dass die Blätzlibajasse bloss in unserer Fasnacht herumgeistern, nein, man findet sie auch in Deutschland, in Frankreich, aber auch in Schweizer Städtchen, die an einem See oder Fluss liegen – der Blätzlibajass wird hier allerdings zum Schuppenkaspar. Er stellt mit seinem Gewand symbolisch die Beziehung zu den Fischen her.

«Unser» Bajass ist zweifellos vom Bajazzo, der klassischen Figur der Commedia dell'Arte, abgeleitet worden.

Einst steckte er in einem eng anliegenden Flickenkostüm. Später – und so sieht man ihn noch heute auf den zahlreichen Touristensouvenirs von Murano – wurde das Kostüm hauteng und mit verschiedenfarbigen Rauten gemustert. Daraus haben sich wohl die Basler «Blätzli» gebildet, die aussehen, als hätten sich alle Dächer unserer Altstadt über das Kleid ergossen: ein winziger Ziegel nach dem anderen, eine ganze Ziegelsymphonie…

Selbstverständlich gibt es auch hier Varianten. Früher hat man das Kostüm ganz einfach aus verschiedenen Stofffetzen zusammengeschustert. Heute? – Nun, der Fantasie sind keine Grenzen gesetzt. Und damit sich die armen, zarten Finger nicht allzu fest abplagen müssen, gibt es gar eine Blätzlibajass-Blätzlifabrik, die alle Ziegel ausstanzt und somit das mühsame Ausschneiden des Filzes erspart.

Das i-Dipfli bildet natürlich der Spitzhut, wiederum mit Blätzli übersät, und eine spitznasige Larve, die eigentlich lächeln sollte – auch wenn die Fasnacht mitunter fast traurig sein kann – heisst es hier doch genau wie bei Cavallo: «Lache, Bajazzo!»

Der feurige Goggelhahn

Vreni schaute in das Nähatelier. Sie seufzte. Der Vorfasnachtssturm hatte ihre Fadenspulen und Stoffresten wild durcheinander geweht. Blätzlibajass-Blätzli lagen auf dem Boden. Als hätte ein bunter Regen von Filzziegeln das Nähzimmer heimgesucht. Stoffballen übergossen die Schränke wie Wasserfälle. Perückenbast mischte sich mit allerlei glitzerndem Fasnachtsflitter.

Einen kurzen Augenblick lang dachte Vreni an den Staubsauger. Dann seufzte sie wieder. Es war jedes Jahr dasselbe: ein Chaos von Fasnachtsvorbereitungen. Immerhin hatte sie die Aufgabe, den prächtigen Harst von dreissig Pfeifern, noch einmal so vielen Ruessern, Vortrab- sowie Wagenmasken und zum Dessert schliesslich noch den Tambourmajor anzuziehen.

Die junge Heimschneiderin griff zum Zigarettenpäcklein, paffte ein paar Wölklein vor sich hin, gerade wie eine erhitzte Dampfmaschine, und setzte wieder eine Fasnachtsplatte auf. Die Trommler und Pfeifer brachten sie in Stimmung. Und Stimmung – das war es, was sie jetzt brauchte.

Natürlich war sie wieder im Rückstand. Noch fünf Tage bis zum Morgestraich! Und heute erst konnte sie mit dem Tambourmajor beginnen. Schlimmer noch: Sie kannte den Tambourmajor nicht einmal, hatte nie Mass genommen – heute sollte er kommen. Zum ersten Mal. Er, der den alten Ruedi ablöst. Und jetzt lächelte Vreni still vor sich hin – ja, dieser Ruedi. Fünf Jahre lang hatte sie sein «Meier-Goschdym» genäht. Mit viel Liebe. Und immer war es ein Chef-d'œuvre geworden.

Ein paar Mal hatten gar die Zeitungsreporter davon Notiz genommen, hatten es auf der ersten Seite gebracht. Das waren die grössten Momente für unsere kleine Vreni, fast so schön wie der Mittwochnachmittag, wo sie immer vor dem Café Spillmann dem Ruedi entgegengefiebert hatte. Hier erwies ihr der Tambourmajor jeweils seine Reverenz, grüsste ehrfurchtsvoll mit dem Stock, riss seinen Mimosenbusch in zwei Hälften und schenkte ihr das Bouquet.

Vreni seufzte zum dritten Mal. Diese Zeiten waren vorbei, die Ära Ruedi passé – sein Herz hatte mit der Zeit nicht mehr mitmachen wollen. Und so hatte er den Tambourmajorstecken an einen Jüngeren weitergegeben, an einen Kurt Stöckli – ihm galt es nun, Mass zu nehmen.

Die Glocke schreckte Vreni aus ihren Träumereien. Vor der Türe stand ein grosser, fast übergrosser Mann und grinste ihr frech entgegen: «Steggli. Aber mer sage enand grad du, gäll. Lueg aa, dr Ruedi het mer nie gsait, dass mer soo-ne schnuusigi Goschdymschnydere hän!» Er lachte laut, nahm Vreni an der Hand und führte sie in ihre eigene Wohnung. Es hatte ihr die Sprache verschlagen. Dieser Mann war ja umwerfend… umwerfend frech! Und so direkt. Dem wollte sie einmal ganz zünftig zeigen, wo die Nadel gestochen hatte: «Also loose Si, Si Stirni – so schnäll mache mir denn no lang nit ‹frère et cochon›!» Sie stellte Kurt mitten ins Nähatelier, bekam einen zündroten Kopf und ärgerte sich heftig darüber. Was bin ich doch für eine dumme Gans, dachte sie. Da kommt so ein langer Lulatsch, klopft zwei, drei Sprüche und ich meine schon, rot werden zu müssen.

Nervös fummelte sie mit ihrem Meter an seinen Hosenbeinen herum, befahl ihm, aufrecht und still zu stehen, zwirbelte mit einem Notizblöcklein geschäftig hin und her und meinte, das gebe noch eine Heidenarbeit. Und er müsse mindestens zweimal täglich zur Anprobe kommen.

Kurt nahm Vrenis Hände, schaute ihr tief in die hübschen, grünen Augen und lachte: Er komme zwanzig Mal, ja noch lieber hundert Mal! Dann verabschiedete er sich galant – Vreni blieb zurück, griff wieder zu den Zigaretten und seufzte zum vierten Mal.

Sie wusste nun nicht, wie ihr geschehen war – auf einmal war sie wieder vollgepumpt mit Energie, trällerte vor sich hin, schnäfelte vergnügt am letzten Ballen Filz und hätte vor lauter Lebenslust beinahe den Stoff verschnitten.

Am anderen Tag war das «Meier-Goschdym», ein zündiger zündender Güggel zum Sujet «Optigal isch optimal», zu Faden geschlagen. Vreni ertappte sich dabei, wie sie immer wieder nervös auf die Uhr schaute und erleichtert aufatmete, als es läutete.

Kurt brachte einen Blumenstrauss. Rote Rosen. Ausgerechnet! – Vreni nannte ihn einen Verschwender. Und es wäre doch nicht nötig gewesen. Dann stülpte sie ihm den Güggelbauch über, zwickte hier ein bisschen und nahm dort ein kleines Stück ein – ihre Hände zitterten leicht, fast wie kleine, unruhige Schmetterlinge. Da wurden die flattrigen Finger plötzlich von zwei starken Händen gehalten und sanft gestreichelt. Vreni zog ihre Hände energisch zurück: «So – das hätte mer, Herr Kurt!» Und dann wurde sie wieder rot.

Die Zeit zerrann wie der Schnee im Mai. Das Güggelgoschdym wurde ein Gedicht, ein feuriger Hahn – Vreni hatte ihre ganze Liebe hineingelegt, ja noch ein bisschen mehr. Als Kurt zum letzten Mal in ihrem Nähatelier stand, als er sich im Spiegel betrachtete und die zündenden Güggel-Filzfedern wie ein Vulkan auflorderten, da hätte unser Vreni weinen mögen. Es war ein Abschied – ein Adieu von einem zündenden Güggel und einem herrlichen Tambourmajor.

Nun, der Güggel wäre kein echter Hahn gewesen, hätte er nicht zuallerletzt doch noch bei Vreni zugepickt. Er liess ein Nachtessen springen. Zur Feier des Kostüms quasi. Und dann ein Tänzchen. Er gurrte, gackerte – zeigte sich von seiner besten Seite.

Vreni schmolz, zerlief in seinen Armen, lag an seiner Brust – selig sank sie nach dem herrlichen Abend auf die Stoffreste im Atelier, sicher, den Güggel am Spiess, zumindest aber auf dem Stängeli, um nicht zu sagen am Band zu haben.

Der Morgestraich war kalt und bissig. Vreni schaute sich nach ihrem Kurt die Augen aus. Vergeblich. Es war wie verhext: Immer sah sie dieselben Cliquen, immer dieselben Schyssdräggziigli. Ausgerechnet ihr Kurt war wie vom Erdboden verschluckt. Und seine Clique mit ihm.

Am Mittag eilte sie kurz vor ein Uhr zur Stammbeiz. Ein paar Pfeifer und Tambouren sassen am runden Tisch, ölten den Ansatz und schenkten ihrer Goschdymschnydere ein Gläslein vom Weissen ein.

Unruhig schaute Vreni aus dem Fenster – da entdeckte sie etwas Feuriges, Knalliges. Rasch sprang sie vom Stuhl und sauste auf die Strasse – Kurt stolzierte tatsächlich wie ein Güggel vor einer Mädchenschar auf und ab. Er liess sich bewundern, flattieren und stelzte noch einmal hin und her. Für Vreni hatte er bloss einen kurzen Blick, ein stolzes, herablassendes Kopfnicken – er umtanzte gravitätisch diese dumme, junge Kükenschar, die da strahlend um ihn herumpiepste und in Bewunderung schwamm.

Die Zeit zum Abmarsch war gekommen. «Die Alte – vorwärts, marsch!», donnerte es aus der Güggellarve. Dann setzte sich der Zug in Bewegung: zuerst der Vortrab, das Requisit, die Laterne. Dann die ersten Pfeifer, der majestätische Goggelhahn, der wichtig in den Hüften hin und her schaukelte, und schliesslich die Tambouren.

Vreni erkannte alles wie durch einen Schleier. Sie blieb am Trottoirrand stehen – der Zug war längst vorbei. Eine Frau steckte ihr ein Papiernastüchlein zu: «An-e-re Fasnacht hylt me doch nit!» Sie sagte es tadelnd. Und Vreni pfupfte erst recht drauflos.

Eigentlich riet ihr eine innere Stimme, nach Hause zu gehen, zu vergessen. Aber da waren diese süsse Nacht, diese süssen Erinnerungen; wie im Schlaf irrte Vreni durch die Stadt. Da und dort tauchten die lodernden Federn ihres Goggelhahns auf – gerade wie ein Höllenfeuer. In den Beizen sah sie, wie so junge Küken auf seinem – auf ihrem! – Goschdym Platz nahmen, wie Kurt sie anhimmelte und mit ihnen schäkerte. Immer wieder, wenn das leuchtende Goschdym irgendwo aufflackerte, meinte Vreni, der Teufel tanze persönlich herbei. Schlaf fand sie keinen mehr – es war eine dreitägige Hölle, die Hölle einer Fasnachtsliebe.

Am Bummel sahen sie einander wieder. Die Begrüssung von Kurt war herzlich. Die Begrüssung von Vreni eher kühl. Nach dem Gässle und dem obligaten Schluck im «Schlüssel» fragte der Ex-Goggelhahn, ob er die Goschdymschnydere nach Hause begleiten dürfe.

«Ein ander Mal», lächelte Vreni.

So zog der Frühling ins Land und machte dem Sommer Platz. Im Herbst lud man zur Sujetsitzung – und bald schon sah man Vreni mit dem Cliquenkünstler in der Stadt. Sie kauften den Stoff ein. Dann war auch schon wieder das Nähatelier überschwemmt. Vreni seufzte. Es klingelte – und sie wusste, draussen stand der Goggelhahn von einst.

Er kam mit einem Bouquet roter Rosen. Vreni lächelte, nahm Mass, lächelte wieder und bestellte ihn auf den nächsten Tag.

Das Goschdym sollte einen Stänzler abgeben, einen prächtigen Stänzler und Kurt hatte allerlei Wünsche, die er mit viel Charme und einem Pfund Pralinés versüsste: «Also waisch, d Hoose sotte ganz äng sy. Und vo-m-ene gschtopfte Ranze will y nyt wisse. My Figur ka-n-y doch zaige – gäll, Schätzli …»

Sie musste ihm die Achseln polstern; der Kittel wurde in die Taille geschnitten. Es war kein Goschdym mehr. Es war eine Uniform, ein Galakleid für einen prächtigen Stänzler.

An einer der letzten Anproben strich sich Kurt gefällig über das Goschdym, stolzierte wieder vor dem Spiegel auf und ab, gerade wie damals, gerade wie der zündrote Güggel von einst.

«Isch es nit doch e weeneli äng?», zweifelte er. Aber Vreni widersprach: «He nai – bi dynere Figur kas nit äng gnueg sy!»

Kurt lächelte geschmeichelt und lud Vreni zum Nachtessen ein. Doch Vreni winkte ab. Einmal höllenfeuergebrannt genügte!

Es kam der Morgestraich, der Fasnachtsmontag. Wieder machte sich Vreni auf den Weg in die Stammbeiz. Draussen stand schon Kurt in seinem engen Stänzler. Flott sah er aus: knallknapp sassen die Hosen und der Kittel – wie ein Modellathlet liess er sich bewundern. Die Mädchen strichen um ihn herum. Miezekatzen, die das Miauen nicht lassen konnten.

Die Zeit kam, wo der Zugchef zum Einstehen pfiff. Vreni stand auf der Strasse und wartete. Wieder ruessten die alten Schweizermärsche von den Trommeln, wieder setzte sich der Zug langsam in Bewegung. Da – der Tambourmajor neigte sich langsam zu Vreni, elegant, wie ein Täuberich. Schwungvoll liess er den Stecken kreisen, machte eine huldvolle Reverenz, verbeugte sich gar ein bisschen, ein bisschen zu heftig – peng! Die Hosen knallten auseinander, zeigten, was sie nie hätten zeigen dürfen! Die Tambouren fielen aus dem Takt, trommelten wild durcheinander, zogen die Larve vom Kopf und lachten. Jetzt sahen auch die Pfeifer, wo es geknallt und was es geschlagen hatte. Alle haben es entdeckt – bloss Kurt verstand nicht, weshalb sein ganzes Spiel plötzlich um ihn herumstand, weshalb die Mädchen, die vorher noch ehrfurchtsvoll um ihn herumgeschmust waren, spöttisch auf seine Figur herunterschauten.

Jemand half ihm aus der Larve. Kurt bekam einen roten Kopf, einen zündgüggelroten Kopf – wie einst der Goggelhahn. Am liebsten wäre er im Boden versunken. «Vreni! Vreni!», brüllte er.

Doch dort, wo er die Reverenz erwiesen hatte, war jetzt eine Lücke.

Vreni sass zu Hause in ihrem Nähatelier. Sie fädelte grauen Faden ein – Faden für eine Stänzlerhose. Ihr Gesicht lächelte fein – da hörte sie auch schon, wie die Glocke ungeduldig schellte.

d Grytte

D Grytte – das ist eines dieser bunten, grellfarbenen Kostüme, für das man tief in die Giggernilliskiste greifen sollte, um dem Mäsggeli das Wirre, Glimmrige und doch nicht Billige zu verleihen.

D Grytte – das ist auch eines der beliebten Maskenballkostüme, denn hier, unter dem schillernden Stoff, schimmert mitunter auch ein bisschen Figur mit, ja hier ist es gar einmal gestattet, ein Bein (aber wirklich bloss eines – so im Cancan-Stil) durch grobe Netzstrümpfe durchblitzen und durchflitzen zu lassen. Beim Busen darf etwas nachgeholfen werden, das Wichtigste ist jedoch der Kopf: Die Augenschlitze sollten so klein wie möglich und mit langen, dunklen Wimpern überdeckt sein – damit wird die Spannung erhöht und der Gentleman zum Sieden gebracht.

Ein kleiner Tipp für Anfänger: Man sagt, dass unter einer «Grytte» oft «en Alti Dante» und unter einer «Alte Dante» oft «e jung Gryttli» stecke.

dr Ueli

Ist er nicht der Vorbote der Fasnacht überhaupt? Treffen wir ihn nicht am Vogel Gryff zum ersten Mal, wie er mit seiner Sammelbüchse im Kleinbasel herumsaust, lustig mit den Fufzgerli und Batzen tschätteret und zusammen mit dem Ruf der Blaggeddeverkäufer «d Blaggedde isch doo, d Blaggedde isch doo» quasi die Ouvertüre zu unserer Fasnachtszeit einleitet?

An der Fasnacht ist es dann nicht mehr seine Büchse, die tschätteret, nein, da tönt herrlich sein Glöcklein mit den vielen andern kleinen Gleggli mit – der Ueli ruesst Frau Fasnacht selig in die Arme.

Während es eine Zeitlang richtig schwierig wurde, die verschiedenen Ueli-Gleggli in einem Warenhaus aufzutreiben, übersteigert sich nun in Basel zur Vorfasnachtszeit das Angebot: Vom fingerbeerigrossen bis zu faustdicken Gleggli findet man beim Giggernillis-Schneuggen in den verschiedenen Magasins alles, was diesem Kostüm die Krone aufsetzt.

Die Figur selbst ist vom deutschen Narr (schreckliches Wort), dem Eulenspiegel und der Narrenkappe beeinflusst.

Von Varianten, bei denen unser Ueli allerdings mit der deutschen närrischen Karnevalskappe auftritt, sei abgeraten oder Cliquen mit entsprechenden Neigungen überlassen.

dr Batzeglemmer

Batzeglemmer – die kennt man an ihrer Basler Nationalhymne: «Me hett nyt! Me git nyt!»
Der Batzeglemmer ist übrigens eine Gattung, die man insbesondere unter Verlegern, Erbonkeln, Direktoren und Beizern antrifft (jeder, der sich betroffen fühlt, ist natürlich ausgenommen).
Unser Batzeglemmer klemmt überall – er klemmt sich beispielsweise mit Glämmerli die Hosenbeine zu, damit die Batzen nicht durch die zerrissenen Hosensäcke fallen.
Natürlich ist der Kittel zu kurz – schliesslich wars eine günstige Occasion. Und da schaut man ja nicht auch noch auf die Länge.
Der Rucksack wiegt nicht schwer – denn so ein Batzeglemmer spart sich am Mund ab, was er schliesslich in die Sparsau wirft.
Das rötliche, schüttere Haar sowie die Eigenschaft des Batzeglemmens lassen vielleicht Gedankenspiele ans Comité und Subventionen wach werden – wir erklären hier klar und deutlich: Das war nicht unsere Absicht! Übereinstimmungen wären rein zufällig…

- Basler Hut
- Sparsäuli mit Räppler
- mit angenähten Münzen
- Perücke mit schütterem Haar
- ganz schmaler Shawl Schottenmuster
- 3/4 Hose aus Jute
- Schnur statt Schuhbändel
- Klämmerli
- enger Bröckenhuus Cut-away oder Kittel
- Leerer Rucksack

ohni Sujet

Lassen Sie für einmal ein Sujet beiseite. Suchen Sie ganz einfach ein paar Stoffresten oder schneuggen Sie im Ausverkauf nach den billigsten Restposten. Wenn Sie genügend Steffli zusammengetragen haben, nehmen Sie ein altes Nachthemd oder irgendeinen langen Rock, den Sie nicht mehr brauchen. Darauf schnurpfen Sie nun die Stoffresten – vielleicht gerüscht, vielleicht in lange, rechteckige Plätzli geschnitten. Berauschen Sie sich an der Farbkomposition und merken Sie, wie mit dieser Vorfasnachtsarbeit (zu der Sie vielleicht noch ein paar Aagfrässeni eingeladen haben) das Fasnachtsfieber steigt.

Ein Sujet haben wir schliesslich bald gefunden – unsere beiden Mäsgeli beispielshalber zeigen einen zufriedenen, gäggeligäälen TV-Eierdätsch-Gnaisser (die Antenne wächst ihm bereits zum Kopf heraus); der Kollege wiederum ist höchst unzufrieden mit dem Programm und zieht deshalb einen zünftigen Lätsch, der sich in Rüschenform über das ganze Kostüm erstreckt. Voilà!

Vier Grad minus

Es war ein paar Tage vor der Fasnacht. Wir sassen in unserer Einzimmerwohnung, überlegten wieder einmal hin und her, wie wir den Zins bezahlen könnten, und hofften auf dieses rettende gelbe Zettelchen im Briefkasten, dieses Zettelchen mit dem lachenden -ZA- und der beruhigenden Ausstrahlung, man habe ein paar Franken für einen Artikel verdient.

Doch auch dieses Mal ging der Pöstler vorbei. Wir seufzten. Es gab Verleger, die wussten nicht, wie wir Journalisten leben mussten! Gottlob war da noch eine Vernissage – da konnte man sich zumindest an die Salznüsschen halten.

Nun, wir bliesen die trüben Gedanken mit den «Sambre et Meuse» weg, probierten noch einmal die Pierrot-Larve und freuten uns darauf, für einmal als Einzelmaske Fasnacht machen zu können. Nicht immer dieses militärische «Ystoh», nicht immer Rechenschaft abgeben müssen: «Worum bisch nit koo? Mit wäm hesch geschtert pfiffe?»

Das Telefon schellte mich aus all den schönen Vorfasnachtsträumen – es war Mutter.

«Hallo? Wie gehts?»

«Knapp bei Kasse.»

«Also alles beim Alten! – Hör zu. Onkel Fritz hat angerufen. Er will, dass du den Morgestraichbericht schreibst. Da scheint auf der Zeitung eine Panne passiert zu sein.»

Onkel Fritz war eine Seele von Mensch. Er betreute die Seite einer Zeitung, die jeweils am Samstag vor der Fasnacht mit dem viel verheissenden Titel «Wenns am Mändig vieri schloot!» in die Basler Haushaltungen getragen wurde.

Diesem Onkel Fritz schien nun eine Panne passiert zu sein. Ausgerechnet ein paar Tage vor der Fasnacht. Ich kannte ihn. Und so wunderte es mich keineswegs, dass er völlig aufgelöst im Bürostuhl lag und nur «Katastrophe! Katastrophe!» murmelte.

Als er uns entdeckte, erhellten sich seine Züge. Er offerierte eine Gauloise, was deutlich bewies, dass die Lage schlimm war.

«Also, um es gleich zu sagen: Wir haben niemanden, der den Morgestraich schreibt. Der Noldi fällt aus. Der Petz ist Berner und versteht nichts davon. Was bleibt, bist du – es ist zwar ein Albtraum, dass wir auf solche Flaschen zurückgreifen müssen. Aber besser als gar nichts.»
Wir lächelten freundlich und meinten, leider müsse die Zeitung auf die Flasche verzichten. Schliesslich seien wir aktive Fasnächtler. Und einen aktiven Fasnächtler kann man an einem Morgestraich nie und nimmer zu offiziellen Schreibaufgaben verdammen. Ob das klar sei?
Onkel Fritz sagte nun ein paar wüste Sachen, die hier nicht für den Leser bestimmt sind. Er erzählte von früheren Zeiten und von jungen Journalisten, die damals froh gewesen wären… aber heute? Er fuchtelte wild herum: «Heute seid ihr alle dumme Einfaltspinsel! Jawohl. Saudumme sogar. Fasnächtler! Was hat das mit meinem Morgestraichbericht zu tun? He?! – Du gehst um vier Uhr, um halb fünf Uhr gibst du den ganzen Zauber auf der Redaktion ab und nach einer Stunde bist du wieder auf der Gasse – also bitte! Wegen einer Stunde. Lächerlich dieses Theater!»
«Es ist kein Theater und eine sehr entscheidende Stunde!»
Onkel Fritz seufzte. Er gab sich einen Ruck: «Gut, gut. Du kannst mich erpressen. Ich bezahle dir das dreifache Honorar!»
Ich lächelte schmerzlich, dachte an meinen Mietzins und die Ebbe im Portemonnaie.
«Tut mir leid, nein. Ist sonst noch etwas?»
«Das fünffache…»
«Nein, Morgestraich ist Morgestraich. Seit ich recht laufen kann, habe ich mitgepfiffen. Soll ich das wegen eines blöden Zeitungsberichtes an den Nagel hängen?! Hoffentlich findest du jemanden. Tschau.»
Verwünschungen und Schwüre folgten mir. Was kümmerte es mich? Draussen lachten mir die Larven aus den Schaufenstern entgegen, blinzelten verschwörerisch – gerade als ob sie mir Recht geben wollten.
Zu Hause schellte das Telefon. Es war Mutter. Einmal mehr.
«Dich hats ja wohl?»
«Was?»
«Ich sage nur: fünffaches Honorar! Aber bitte, wenn dus hast. Du kannst es ja zum Fenster hinauswerfen, nicht wahr.»

«Jetzt hör mal gut zu: Der liebe Onkel Fritz will, dass ich den Morgestraichbericht schreibe. Zufällig findet der Morgestraich genau in dem Augenblick statt, wo ich meistens und unumstösslich besetzt bin.»
«Hör doch auf mit diesem Mist! Wer sagt denn, dass du den Morgestraichbericht am Morgestraich schreibst? Ist doch immer dasselbe: eine immense Druggede, Käs- und Ziibelewaijeduft. Früher wars Gaggo, aber sonst hat sich nichts geändert.»
«Ja und?»
«Was ja und? Das Wichtigste sind die Laternen. Und die Laternenverslein. Und schliesslich kennst du Krethi und Plethi unter den Laternenmalern. Die besuchst du ganz einfach in ihren Ateliers, du kannst dir also in aller Ruhe die Laternen anschauen, die Sprüchlein ebenfalls – am Sonntagabend, wenn sie die letzten Kunstwerke in die Stadt pfeifen, machst du dir die letzten Notizen. Ich mache dir eine Mehlsuppe. Du schliesst die Augen und stellst dir vor, es wäre Morgestraich… Kälte… vier Mal schellts vom Martinstürmlein… der Morgestraichschalter wird gedreht… das Licht geht aus – also bitte, ist das nichts?»
Die Idee war nicht schlecht. Natürlich konnte man die ganze Sache vorschreiben. Natürlich war es immer dasselbe. Und dann war da plötzlich das Wetter…
«Es geht nicht… das Wetter… wie soll ich wissen, obs hagelt oder schneit? Wie viel Grad es gehabt hat und so weiter?»
Mutter seufzte.
«Also, jetzt mach einmal einen Punkt. Ich bin bloss eine einfache Hausfrau. Das Wetter kann ich dir nicht auch noch liefern – aber für ein fünffaches Honorar würde ich mir sogar etwas gegen Donner und Blitz einfallen lassen.»
Damit hängte sie auf. Sie ist immer so impulsiv.
Wir riefen Onkel Fritz an und versprachen ihm den Morgestraichbericht. Er war glücklich und erklärte, es gebe doch noch journalistischen Nachwuchs, auf den man mit Recht stolz sein könne.
Es begann nun eine arbeitsintensive Zeit. Wir suchten die Kaserne auf. Hier herrschte eine eigene, fiebrige Stimmung. Gläslein mit den wunderbarsten Wasserfarben standen herum, Pinsel lagen in den grauen,

bleichen Brünneli und hinter den riesigen Laternen hörte man Stimmen, hie und da einen saftigen Fluch oder ein nervöses Auflachen.
Wir bestaunten die Wunderwerke gebührend, liessen uns von den Künstlern die Kniffe und Feinheiten erklären, notierten die Verslein, die oft erst auf einem Zeedeli angeklebt waren, und machten uns wieder auf den Weg. So grasten wir die Mustermesse ab, landeten in Werkstatthinterhöfen und Turnhallen – oft gab es ein Gläslein Weissen oder zwei: Die Stimmung wuchs, die Notizen wuchsen mit.
Am Sonntag vor dem Morgestraich warteten wir im «Château Lapin» auf den ersten Piccolo-Jubel. Gegen sechs Uhr hörten wir auf einmal wieder diese feinen, wehmütigen Melodien, die das Kunstwerk der Clique vor das Stammlokal begleiteten. Wir rannten nun in die Post, schauten uns hier noch ein paar der «Lampen» an – zu Hause wartete Mutter mit der versprochenen Mehlsuppe, die sie mit Käse und hunderttausend Mahnungen würzte.
Der Morgestraichbericht wurde natürlich ellenlang. Es ist ein Unterschied, ob man für einen Artikel zwei Stunden Zeit hat oder ob man alles in dreissig Minuten herunterspulen muss. Wir schlürften also an der Suppe, liessen uns von den Fasnachtsplatten berieseln und schrieben.
Beim Wetter meinten wir einfach: Eine alte Frau stand auf dem Märt. Sie fror. «S het ... Grad ghaa, wo-n-y hitt am drey gluegt haa», sagte sie. Vor den Grad liessen wir drei Pünktlein. Hier wollten wir am Morgen noch die Temperatur einsetzen. Also bitte, es konnte nichts schief gehen.
Die Nacht war kurz, so wie alle Nächte vor dem Morgestraich eben sind. Wir waren nervös, gereizt – schon sausten wir mit dem Manuskript auf die Zeitung, liessen es in die Rohrpost – zehn Minuten später standen wir herrlich unbeschwert mit leuchtendem Kopfladärnli im Elftausend-Jumpfern-Gässlein. Es schlug vier Uhr, selig marschierten wir Frau Fasnacht in die Arme.
Laternen schwankten uns entgegen. Unser einsames Piccolo hielt vor dem Jubel einer ganzen Clique beschämt die Klappe. Plötzlich standen wir in einer riesigen Druggede. Stimmengewirr drang durch die flatternde Perücke: «...e heerlige Morgestraich... jeee, dä Pierrot ganz

ellai… am drey hets vier Grad unter Null ghaa.»
Wir stockten mitten im Arabi. Vier Grad minus. Himmel! Wir hatten vor lauter Stress vergessen, die Grad im Manuskript einzuflicken.
Wir boxten uns durch die Druggede, suchten die nächste Beiz und drückten uns zur Telefonkabine vor. In einer Hand hielten wir das Piccolo und die Larve, mit der anderen knübelten wir einen Fränkler aus dem Portemonnaie. Wir riefen die Zeitung an, verlangten die Mettage, den Setzer… am anderen Ende hörten wir Lachen, Morgestraichstimmung in der Mettage. Schliesslich meldete sich jemand.
«Heini, bisch dus? Loos, in mym Morgestraichbricht muess me no ebbis ysetze. Dert, wo drey Pinggtli sin, also bim Satz: Eine alte Frau stand auf dem Märt. Sie fror. ‹S het …› und jetz kemme drey Pinggtli. Do mien-er d Tämperatur ysetze, also, s het vier Grad minus ghaa und so wyter – kapiert?»
Heini lachte, ich solle mir nur keine Sorgen machen. Es sei jetzt Fasnacht. Proscht!
Und damit hatte er aufgehängt.
Wir pfiffen also weiter durch die Gassen. Gegen Mittag zottelten wir völlig erledigt nach Hause, bettwärts.
Das Telefon schellte. Es war Mutter.
«Hast du es gelesen?»
«Was?»
«He, deinen Bericht.»
«Noch nicht.»
«So? Dann rate ich dir, dies sofort zu tun. Onkel Fritz hat übrigens angerufen. Du sollst ihm schleunigst telefonieren – es sei dringend.»
Wir haben daraufhin die Zeitung aufgeschlagen. In meinem Morgestraichbericht konnte man Folgendes lesen: Eine alte Frau stand auf dem Märt. Sie fror. «S het … und hier, wo die Pünktlein sind, lieber Leser, hier müssen Sie die Temperatur selber einsetzen. Proscht!»
Wir haben daraufhin Onkel Fritz nicht mehr angerufen.

dr Stänzler

Dem Stänzler geht es ähnlich wie dem Altfrangg: Man vergisst ihn und hat seine Uniform aus der Kostümkiste verbannt.
Die Rumpel-Clique hat ihren eigenen Stänzler. Ihn sieht man noch als herrlichen Tambourmajor nach dem langen, wunderschönen Rumpel-Morgestraich majestätisch den Zug nach Hause dirigieren.
Während früher da und dort noch die Pfeifer als Stänzler auftraten (allerdings oft ohne Larve), ist heute der Pfeifermarsch als eine der wenigen Stänzlererinnerungen zurückgeblieben. Dem könnte man eigentlich gut und gerne abhelfen.

dr Domino

Eigentlich ein klassisches Kostüm, vorwiegend aber ein Kostüm von Anfang des 20. Jahrhunderts.

Der Domino ist eine Mischung zwischen Harlekin und Pierrot – seine Wiege muss also auch irgendwo in der Commedia dell'Arte gestanden haben.

Der Domino ist ernst, überlegen – er erinnert hier ein bisschen an den weissen Clown. Und doch ist er nicht so eitel wie etwa der Pierrot mit seiner Pfauenfeder. Oder so traurig wie der Harlekin, mit dessen Tränen uns die Kitschindustrie in den letzten Jahren überschwemmt hat.

Nein, der Domino ist eine Synthese zwischen Lachen und Weinen; sein weiter, wallender Mantel gibt ihm etwas Vornehmes, Adliges.

(Im Übrigen wippt man im Pfeifer-Tango-Traumschritt mit diesem Mantel besonders schön.)

dr Fasnachtsdeyfel

Hockt er uns nicht allen im Kreuz, dieser Fasnachtsteufel, der mit seinem feinen Sticheln loslegt, kaum dass die letzten Weihnachtsgeschenke ausgepackt sind und die ersten Larven in den Schaufenstern grinsen?

Macht er nicht alle verrückt, dieser Fasnachtsteufel, so verrückt, dass man als Kind die Schulaufgaben darüber vergisst, dass man später das Ehemann-Sein bleiben lässt und Abend für Abend im Cliquenkeller hockt?

Wir sind alle von seiner Gabel aufgespiesst, wenn die Vorfasnachtszeit mit ihren tausend Höllenflammen über uns hereinbricht, wenn die Nerven hitzig und stark angespannt sind, wenn der erste Cliquenkrach (selbstverständlich vom Fasnachtsteufel grinsend inszeniert) brodelt und im letzten Moment noch eine Splitterclique auf die Welt kommt.

Hockt nicht auch da und dort der Trommelteufel, lässt den Händen einfach keine Ruhe: Nach der Trommelübung wird auf dem Wirtshaustisch leise weitergeruesst, mit den Fingerbeeri bloss. Und am andern Tag auf dem Bürotisch, dann beim Mittagessen – bis schliesslich jemand aufmuckt und meint: «Jetz heer doch ändlig emool mit däre Drummlerey uff, dasch jo zem dr Deyfel hoole.»

Und schon kommt er. Wenn auch – gottlob – bloss in der Gestalt unseres Kostümvorschlags.

La Gitane

Es war an einem Fasnachtsdienstag. Auf dem Münsterplatz stellte sich eben ein Grüppchen von Binggissen auf, um mit dem Geruesse auf zwei Tabourettli und einer alten Läckerlibüchse der Kinderfasnacht alle Ehre zu erweisen.

Aus dem Martinsgässlein jubelte der «Barogg», wunderschön, gerade wie ein Botticelli-Engelschor – ein Waggis kam dahergewankt, selig, fasnachtstrunken. Für ihn war Weihnachten. Der «Barogg» sein «Oh du fröhliche».

Ein Mann schaute dem fasnächtlichen Treiben schweigend zu, finster, gerade, als ob ihn die Melodie des Pfeifers traurig stimmen würde. Er steckte in einem einfachen Glaunkostüm: breite, flatternde Hosenbeine, ein dicker ausgestopfter Bauch, über den sich eine Handvoll faustgrosse, weisse Pompons ergossen – hübscher Kontrast zum schwarzen Stoff.

Otto Keller war nicht im Strumpf. Schon am Montag war es ihm einfach nicht «gerollt». Zwar hatte er sich mit einem hübschen, schlanken Mäsgeli in der Heeli vergnügt, fast wäre es zu mehr gekommen – aber plötzlich hatte er genug. Einfach genug. Vielleicht lag es am Alter? Diese Herumschmuserei sagte ihm nichts mehr. Er hatte seine Larve genommen und war nach Hause gezottelt – dabei war noch nicht einmal Mitternacht vorbei.

Otto seufzte. Er fühlte sich greisenalt. Er dachte an Ferdi und daran, wie dieser vor fünf Jahren den abgedroschenen Spruch gebracht hatte: «Man müsste noch einmal zwanzig sein…» Ja, damals hatte er über den Freund gelacht. Heute konnte er ihn gut verstehen.

Gottlob hatte Otto eine verständnisvolle Frau. Sie fragte nichts, als er schon so früh in der Stube stand. Nein, sie braute ihm noch fürsorglich einen Grog. Dann erzählte sie ihm, dass am Morgestraich in einem Schmuckgeschäft in der Freien Strasse eingebrochen worden sei. Die Täter hätten die Druggede genutzt – plötzlich sei das Schaufenster zertrümmert gewesen, kaum dass die Lichter um vier Uhr erloschen waren. Es habe einen riesigen Tumult gegeben, aber – natürlich! –

habe niemand etwas gesehen. Erstens, weil es zu finster war, und zweitens, weil so viele Leute vor dem Fenster standen. Tatsache ist, dass ein sehr kostbarer Brillantring und zwei Perlenketten, die in ihrer Grösse und Regelmässigkeit einzig seien, verschwunden sind.

Otto hatte bloss mit halbem Ohr zugehört. Er war jetzt nicht mehr im Dienst. An der Fasnacht hatte ihn keiner zu stören, auch die allerhöchsten Polizeibeamten nicht – das wussten sie. Und sie respektierten es auch. Er seufzte – wahrscheinlich würden die Perlenketten noch früh genug in seinem Büro auftauchen. Mittlerweile lag die Sache wohl bei Kommissar Bragg – als ob der etwas ausrichten könnte!

Die erste grosse Clique zog nun über den Münsterplatz, langsam, gespenstisch fast. Es war eine Stammclique. In ihrer Mitte wankten die Kleinen – selig vor Glück. Die Sonne spiegelte sich in ein paar metallfarbenen Perücken, blinkte von den Trommeln wie Feuer – hinter der Clique zogen Passanten mit, Eltern und Grosseltern, voller Stolz auf ihre Sprösslinge, die da im Kreis der Grossen schon die alten Schweizermärsche klöpfeln durften.

Otto schaute dem Gespensterzug nach, der nun langsam in der Augustinergasse verschwand. Von Weitem hörte man die «Hambacher», leise, gerade als ob die Piccolos weinten. «S isch Halbzyt!», nickte ein Passant Otto zu. «Drum sin d Piccolo druurig. Well d Helfti scho umme-n-isch.»

Otto gab sich einen Ruck. Tatsächlich, da war die Hälfte der schönsten Zeit des Jahres passé. Sie war wie der Wind an ihm vorbeigesaust – und was tat er? Nichts!

Rasch stülpte er seine Glaunlarve über den Kopf, spreizte die Schlegel über dem Trommelfell und ruesste mit den «Mätzli» davon, märtwärts, ins Herz der Stadt, die ganz Frau Fasnacht gehörte.

Vor dem «Gifthüttli» machte er halt. Er wollte eben in die Beiz, als eine Stimme hinter ihm sagte: «Formidable… c'était vraiment formidable.»

Er drehte sich um und schaute mitten in die Augen einer feurigen Zigeunerin, jung, blutjung sogar, in wundervollem, knallrotem Seidenkostüm, nicht baslerisch, oh nein, ganz daneben und doch in seiner Art so einzig.

«Merci pour le compliment!», sagte Otto etwas verlegen, da hielt ihn die Zigeunerin auch schon am Arm: «Kommst du mit, ich dir schenken ein Glas Wein, vielleicht noch ein bisschen mehr, wenn du willst…» Otto blieb unentschlossen. Er überlegte. Einerseits gefiel ihm das Mädchen ausgezeichnet. Er fühlte sich geschmeichelt, dass das junge Ding ausgerechnet bei ihm anbiss … das Alter schien also doch noch seine Reize zu haben. Andrerseits war ihre Aufmachung ganz einfach unmöglich. Sie hätte an jede Mainzer Karnevalssitzung gepasst, bloss nicht nach Basel. Und Otto war überzeugt, dass ihn seine Kollegen schön auf den Arm nehmen würden, wenn er mit dieser Zigeunerin da…

Doch da hatte ihn das Mädchen auch schon an der Hand gefasst und mitten in die Beiz geführt, wo sich eine Clique am grünen Kachelofen eben zum Aufbruch bereitmachte.

Die Serviertochter schleppte bald einmal einen halben Liter vom Weissen an. Die Zigeunerin prostete Otto zu. Die Augen blitzten feurig wie der Cully. Otto trank das Glas auf einen Zug aus und schenkte wieder ein. Plötzlich fühlte er, wie seine schlechte Stimmung verflog – gerade wie ein Vogel, der einfach davonflatterte.

Er begann nun seine Zigeunerin zu mustern, bewunderte ihren zarten, weissen Hals, der mit viel Glimmerketten, Firlefanz und Giggernillis geschmückt war. Ihre Hände waren schön, grazil, die Hände einer Klavierspielerin – an jedem Finger steckte ein Ring, billiges, glänzendes Zeugs, nein, Frau Fasnacht hatte bestimmt keine Freude daran – aber immerhin, das Mädchen war sympathisch. Als hätte sie seine Gedanken erraten, lächelte sie: «Ich weiss, mein Kostüm ist nicht gut … aber ich hatte nichts Besseres, tu comprends. Da, dieses Larve hat man mir geschenkt.»

Otto atmete auf. Gottlob – die Larve zumindest, ein Mittelding zwischen Düpfi und Alti Dante, war gut, ja kunstvoll.

Nach der zweiten Flasche begann die kleine Zigeunerin zu erzählen, plapperte vor sich hin, wie sie immer einmal dieses fantastische Carneval… pardon, Fasnacht, naturellement… habe kennen lernen wollen. Während ihrer Studienzeit in Genf habe sie viel davon gehört. Einmal sei sie gar hier gewesen. Bloss einen halben Tag lang –

aber damals habe sie sich geschworen, wieder einmal zu kommen. Et voilà!
«Weisst du, es waren die Mimosen! Sie haben mich fasziniert. Ich bin in diese Blume verliebt. Als ich sie hier sah und den Duft einatmete – nein, ich konnte nicht widerstehen. Ich musste dabeisein, musste dazugehören.»
Otto war ein nüchterner Kerl. Aber zwei Flaschen Cully verfehlten die Wirkung nicht. Er ging auf die Strasse und suchte den nächsten Blumenladen auf: Er brauche ein Mimosenbouquet... unbedingt... Herzensangelegenheit. Die Verkäuferin lachte, büschelte ihm einen Prachtmaien und schon versank seine Zigeunerin mitten in dem goldgelben, herrlich weichen Busch. Sie küsste jedes der flaumigen Blumenbeeren einzeln, küsste Otto – ja, sie hätte die ganze Welt umarmen können.
«Weisst du, diese Mimosen sind wie das Leben. Sie blühen schnell – sie sterben schnell. Wie alles auf dieser Welt. Das Glück, die Liebe, diese paar Tage Fasnacht – noch eh alles richtig geblüht hat, ist alles wieder vorbei, tot – tu comprends?»
Nein, Otto verstand nicht, was das teuflisch liebe Ding daherplapperte, doch eines wusste er genau: So schnell liess er das Mädchen nicht wieder los. Plötzlich fühlte er sich jung, frisch, bärenstark – er stand auf, hiess das Mädchen mitkommen. Schon standen die beiden auf der Strasse – sie mit dem riesigen Mimosenmaien, der nun als Tambourmajorstecken dienen musste; er dahinter, ein Glaun mit lustigem, unbekümmertem Lausbubengesicht. So zogen sie durch die Stadt, durch die Hintergassen, vorbei an einem Harlekin, der sie stumm, fast geisterhaft betrachtete, vorbei an Menschentrauben, die lachten, vorbei auch an den grossen Cliquen, deren Spiel wie eine gewaltige Lawine aus den Gassen über sie quoll.
Was gibt es da schon noch zu berichten? – Frau Fasnacht hielt bloss noch eine Handvoll Stunden für die beiden bereit. Keine Minute liessen sie aus, gierig sogen sie den Rest in sich auf. Einmal fragte er nach ihrem Namen: «Gitane? Das ist kein Name. Sag mir, wie du heisst!»
Sie lächelte bloss, strich ihm fein über seine Nase: «Namen? Mais pourquoi? Das Schöne kennt keine Namen, alors...»

Er hat es dabei bewenden lassen, hat mehr von sich erzählt, von seiner Arbeit und dass er den Verbrechern dieser Welt nachspüre. Sie hatte grosse, belustigte Augen gemacht: «Toi?! – un commissaire?! C'est rigolo.» Und dann verlangte sie, auf der Stelle von ihm verhaftet zu werden, und zwar gründlich…

Es kam der graue Donnerstag. Die ersten Strassenputzmaschinen donnerten bereits wie gierige Dinosaurier durch die Freie Strasse. Unser Liebespärchen hatte nicht viel geschlafen, vielleicht drei, vier Stunden in einem kleinen Hotel in der Rheingasse – jetzt wollten sie noch Kaffee trinken, einen starken Kaffee. Und sie wollten noch beieinander sein, die letzte Stunde noch.

Sie versprach ihm zu schreiben, bald zu schreiben. Er gab ihr seine Büroadresse und brachte sie auf den Flughafen. Ihr Flugzeug nach Nizza ging in zehn Minuten. Noch immer trug sie ihr feuerrotes Zigeunerkleid.

«Ich will in diesem Kostüm abfliegen – comme souvenir», lächelte sie. Die Zöllner und Polizisten grinsten, als die beiden Masken ankamen, und machten ein paar fade Witze.

Passeport… das Mädchen musste sein Köfferchen öffnen. Nichts. Ein letzter Blick. Otto trat wieder in den nasskalten, nebligen Morgen.

Am Nachmittag sass Kommissar Otto Keller in seinem Büro – verkatert, verstimmt. Kollege Bragg brachte ihm das Dossier vom Juwelendiebstahl. Bloss zur Einsicht.

«Man kann wohl noch nicht allzu viel von dir verlangen?!», grinste er. Otto betrachtete die Fotos der beiden Perlenketten, die gestohlen worden waren.

«Sie sind von überdurchschnittlicher Grösse», erklärte Bragg. «Das macht sie auch so wertvoll. Sie gehörten zu einer Ausstellung der kostbarsten Edelsteine und Perlen der Welt», seufzte Bragg. «Es dürfte schwer sein, solche Colliers über die Grenze zu schmuggeln. Und auch der Ring. Ein taubeneigrosser Brillant!»

Otto überlegte. Er hatte einmal jemanden so etwas tragen gesehen… ja, da war doch… er griff sich an den Kopf. Jetzt sah er sie genau vor sich: la Gitane, die Zigeunerin! Mit vielen Glimmerketten, Firlefanz und zwei Perlenketten um den schönen, zarten Hals – diese beiden Perlenketten! Und der Brillantring?! Unter all den Ringen mit den Glassteinen…

Otto brauchte ein Glas Wasser. Er spürte, wie ihm übel wurde. Bragg betrachtete ihn besorgt: «Vielleicht wäre es doch besser, du würdest erst morgen kommen…»

Kommissar Keller meldete sich krank. Eine ganze Woche. Als er wieder ins Büro kam, lächelte seine Sekretärin: «Hoffentlich geht es Ihnen wieder besser… da sind übrigens Blumen für Sie angekommen. Aus Südfrankreich. Mimosen. Wunderschön. Nur schade, ein paar sind schon verblüht…»

e bäumig Sujet

Wie wäre es, wenn für einmal die Bäume in den Fasnachtshimmel wachsen würden? Ein bäumiges Sujet? Zumindest dürfte man da am Donnerstagmorgen hemmungslos einen riesigen Ast herumtragen.
«Basel und seine Bäume» – dieses Sujet hat schon öfters durch den Blätterwald geweht.
Ist dies nun ein verloren gegangener Petersplatz-Stammbaum des Dackelkönigs Kasimir? Oder der letzte Baum an der Bäumleingasse?
Vielleicht ist es auch ein Fingerzeig aufs Baumsterben und dass wir zu unserer Umwelt mehr Acht geben sollten.
Nun – die Sujetwahl bleibt freigestellt, doch sollten insbesondere junge, leicht entzündbare Pflänzchen das Schild «Achtung Waldbrandgefahr» nicht vergessen.

dr Glaun

Eines sollte man bei einem Fasnachtskostüm nie und nimmer vergessen: Man muss viel darunter anziehen können.
Die Wetterlaunen von Petrus sind variabel – manchmal lässt er die Sonne scheinen, gerade so heiss wie in den Sommerferien in Rimini. Manchmal beschwört er die Eisheiligen auf das fasnächtliche Basel hernieder. Jetzt muss man sich also den entsprechenden Temperaturen anpassen. Das Clownkostüm ist dazu ideal: Die Hosen sind weit, das Oberteil ebenfalls – rasch den Reissverschluss öffnen und im Nu ist ein zweiter Pulli darunter an- oder ausgezogen. Man sieht: So ein Clown ist völlig problemlos.
Der eigentliche, frühere «Basler Glaun» hat mit dem Zirkusclown so viel wie überhaupt nichts zu tun gehabt: Er trug Pumps, lange Pumphosen, von seinem Kopf mit der Hakennase (à la Polichinelle) wippte ein Zopf, ähnlich wie beim Dummpeter, das Oberteil bestand aus einem Bolerojäckchen – doch dieser «Originalclown» hat das Zeitliche gesegnet.
Die heutigen Kostüme sind wesentlich einfallsreicher, fröhlicher und mit ihren auserlesenen Stoffmustern geradezu kleine Kunstwerke.

d Gryzgang-Gaischter

In Basel gehen zahlreiche Geister um. Etwa der Glopf-Gaischt. Oder der Wyy-Gaischt. Und natürlich der Clique-Gaischt – letzterer schwankt immer bedenklich vor der Fasnacht…

Wer nun aber an einem Sonntag vor dem Morgestraich um Mitternacht im Kreuzgang des Münsters steht, hört plötzlich d Gryzgang-Gaischter. Vier Stunden vor dem grossen Moment halten sie es in ihren Gruften nicht mehr aus. Sie nehmen Trommel und Piccolo und wehen als weisse, flatternde Gespenster oder schwarze, flammende Engel durch die Rittergasse.

Man hört sie nicht – nur ein leises Weinen. Und vielleicht den Arabi in Moll. Ganz piano.

Und natürlich sieht sie kein Mensch – es sei denn jemand, der am Morgestraich auf den Vieruhrschlag genau geboren worden ist.

Schlägt die Martinsglocke schliesslich vier Mal und donnern oder jubilieren Trommler wie Pfeifer Frau Fasnacht in die Arme, kann es schon passieren, dass da plötzlich so ein Gryzgang-Gaischt neben einem mitmarschiert. Man nicke ihm freundlich zu – während der Fasnacht ist er harmlos. Denn kaum dass der Tag richtig anbricht, verschwindet er wieder in seiner Gruft im Münster.

Beziehungszoff vor dem Vieruhrschlag

Missmutig löffelt Max seine Mehlsuppe. Rings um ihn fiebert die Morgestraichstimmung. Er aber fühlt sich mies – am liebsten hätte er Frau Fasnacht den Rücken gekehrt.
«Schlecht drauf?», fragt sein Cliquenkollege Erwin. «Du hast exakt noch 42 Minuten Zeit, dich auf die tollsten drei Tage einzustimmen – also, was ist los?!»
Max seufzt. Lucia war an allem schuld. Oder eben: Frau Fasnacht. Und überhaupt die Weiber.
Lucia war aus Palermo nach Basel gekommen, um ihre Schwester zu besuchen, die seit zehn Jahren hier lebt und als Laborantin arbeitet. In Annas Labor waren sie einander begegnet. Und es war Liebe auf den ersten Blick gewesen.
Bald danach hatten sie geheiratet – der Himmel war rosa Zuckerwatte gewesen. Und nun dies: Als Max Ende September die Trommelübungen aufnahm, machte Lucia Szenen. Nie hätte er Zeit für sie. Und was diese Trommlerei denn bringe…
Er hat versucht, ihr die Fasnacht näher zu bringen, hat ihr Videos mit seiner Clique drauf abgespielt – aber Lucia hat immer nur den Kopf geschüttelt: «Merda!»
Als er im Februar beim Larvencachieren half, gab es den ersten grossen Zusammenstoss. Lucia schlug weinend die Türe hinter sich zu. Und übernachtete bei Anna. Seither sprach sie kaum ein Wort mit ihm.
«Es wird sich schon regeln – gib Lucia Zeit», meinte Anna am Telefon. «Sie hat das Temperament eines Vulkans. Aber ich werde mich um sie kümmern.»
Max hätte Lucia gerne beim Laternenabholen dabei gehabt – aber sie streikte. Als er nach Hause kam, war sie verschwunden.
«Ich muss weg!», stand auf einem Zettel hingekritzelt.
«Lass dem Vulkan seine Zeit», mahnte ihn Anna, als er sie in Panik anrief.

Nun hockt Max also mega schlecht drauf vor seiner Mehlsuppe. Am liebsten würde er wieder nach Hause gehen.

Später, als er den ersten Schlag der Martinsglocke hört, bevor die Stadt in den Feuertanz eintaucht, weint er unter der Larve.

Im Stadtkeller machen sie den ersten Halt. Ein Pierrot an der Türe schaut ihn mit seinem ernsten Gesicht an. Max will an ihm vorbei – aber der Pierrot versperrt ihm den Weg.

«Komm – gibs auf…», knurrt Max den Pierrot an. «Ich hab ziemlich Probleme…»

Da legt ihm der Pierrot die Hand auf die Schulter – und plötzlich durchfährt Max ein eiskalter Blitz. Am Ringfinger funkelt ein Perlenring – derjenige Ring, den Max Lucia vor der Hochzeit in Palermo geschenkt hat. Max schaut in die Larvenaugen – zwei schwarze Pupillen blitzen ihm entgegen. Dann flüstert ihm die Maske ins Ohr: «Ik zieh Massgeli nit ab … Anna et gsait, isch nit guet, wenn Ussländer in Gossdüm…»

Da spürt Max einen Kloss im Hals. Er nimmt Lucia in die Arme. «Und ob du die Larve jetzt ausziehst. Komm mit. Das ist die grösste Freude, die du mir machen konntest!»

In der Beiz erzählt Lucia, dass Anna ihr gut zugeredet habe: «Du musst es sehen, um es zu begreifen, du musst mitlaufen, um es zu fühlen!»

Eine Bekannte von Anna habe ihr dann das Pierrot-Goschdym geliehen. Nun sei sie da. Begeistert. Und bis ins Blut von diesem Fasnachtsfieber infiziert: «Ist wie Ätna – Explosion … ist wie grosses Liebesglut!»

Immer wieder hat man an dieser Fasnacht einen einsamen Tambour und einen Pierrot im Vortrab durch die Gassen ziehen sehen. Beide wie zwei feurige Vulkane. Mit einem gemeinsam glühenden Herzen für Frau Fasnacht.

dr Buuredotsch

Gräbt man in der Kostümkiste ganz tief unten, so stösst man vielleicht plötzlich auf die Überreste eines Buuredotschs.
Dazu meint ein «Abc durch die Basler Fasnacht», ein kleines, liebenswertes Lexikon, das den Bebbi während der kriegsschweren und fasnachtsleeren Tage als sanftes Trostpflästerchen in die Hände gedrückt worden ist: «Buuredotsch – häufig auftretendes Maskenballkostüm, das unter Umständen ausserordentlich originell sein kann, es aber sehr oft nicht ist. Hat mit Persiflage auf die ländliche Bevölkerung nichts zu tun, da bei einem wirklich guten Buuredotsch jeder Anklang dazu fehlt…» Was nun genau hinter dem Buuredotsch steckt? – Nun, da verschanzen sich alle Nachrichten hinter einer undurchsichtigen Larve.
Wir haben nun einen eigenen Buuredotsch für Sie kreiert – einen mit gesunden, roten Epfelbäggli und herzhaftem Lachen. Denn zu lachen haben die Bauern heute bei den Milch-, Angge- und Landpreisen schliesslich mehr als genug.

dr Käschperli

Eigentlich handelt es sich beim Käschperli ebenfalls um eine Figur, die vom klassischen Theater abgeleitet worden ist. Vom Süden her haben die italienischen Figuren der Commedia dell'Arte auch den Norden erobert – der Käschperli stellt ganz klar den deutschen Brighella dar, wobei er sich als Fasnachtsfigur natürlich nicht an das klassisch überlieferte Kostüm halten muss.

An der Fasnacht sieht man den Käschperli allerdings selten, und dies, obwohl sogar ein Cliquenmarsch nach ihm benannt worden ist.

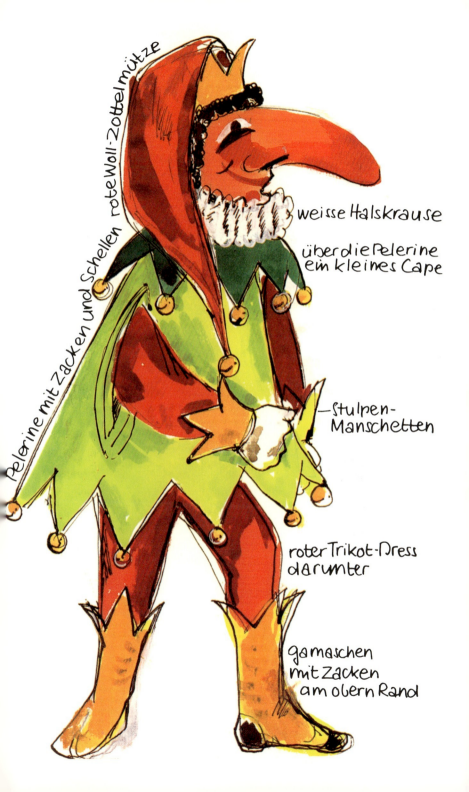

d Elsässere

Sie ist rundlich, was eine entsprechende Figur oder etwas Schaumgummi zum Polstern erfordert.
Sie ist gemütlich und gut – wie grossherzig (stopfen! stopfen!). Ihr Hinterteil sollte nicht wie bei der Alten Dante zart ausgepolstert werden, nein, hier darf man zünftig auffüllen – die elsässische Hinterfront sollte so bemessen sein, dass sie gerade noch durchs Imbergässli mag.
Alles in allem erinnert die Figur an unsere Basler Märtfrauen, die aus dem Elsass kommen, ihre Ware hier feilhalten und leider je länger, je mehr aus dem Stadtbild verschwinden.
D Elsässere ist das Pendant zum Waggis (deshalb kann ihr Kostüm natürlich auch in den Farben der Tricolore rot-weiss-blau gehalten sein). Sie kann einen Korb oder auch ein Netzli mit Gemüse tragen, sicher aber trägt sie einen grossen, herrlichen Lätsch in ihrer Perücke – einen Lätsch, den man punkto Grösse genauso übertreiben darf wie den Zinggen des Waggis.

Das Düpfi mit dem heissen Herzen

Olga rief an. Olga ist das, was man ein verspätetes Mädchen nennt. Mit Pfefferminzdragées im schwarzen Handtäschchen. Und mit Lavendel auf dem Fazeneetli. «E Jumpfere» – so sagen die meisten. Und dann rümpfen sie die Nase, als hätten sie in einen sauren Apfel gebissen.
Olga rief also an. Sie wollte ins Brockenhaus. Und sie wollte, dass wir mitkommen. Alleine an so einen verlotterten Ort?! – Nein, das mache wirklich keine Gattig. Aber sie brauche eben ein Passevite. Für den Spinat. Unbedingt. Und so etwas Altertümliches gebe es bloss noch dort.
Das Brockenhaus bot seine herrlichsten Sachen feil: alte Teller, Ballschuhe mit dem Glimmer von einst, einen Nachthafen mit Sprung – und siehe da, weil es gerade zur Fasnachtszeit war, auch einen Korb, vollgestopft mit alten Larven.
Wir schneuggten gedankenlos darin herum – Olga jedoch zog ein Düpfi heraus, alt und verstaubt, mit langen Wimpern, die nun auf Halbmast klebten, und einem herrlichen Kussmündchen – e Müüli, saufrech, aber völlig verdreckt.
Sie betrachtete die Larve lange. Ihre grauen Handschuhe bekamen feine, schwarze Flecken. Olga war von diesem Larvengesicht fasziniert, strich immer wieder darüber, seufzte gar ein bisschen: «Ach weisst du, diese Larve... nun, sie hat eine Geschichte... die Geschichte von... von... ja sagen wir von Dorli.»
Dorli war Telefonistin bei der Post. Und somit war sie ja auch etwas Besonderes.
Sie trug ihr Spitznäslein hoch zur Sonne, viel zu hoch – und wenn ein kecker Bursche mit den Augen zu blitzen begann, liess sie ihn abfahren, lachend: «So etwas wie den da kann ich jede Stunde eine Gugge voll haben.»
Nun, eines Tages passierte es.
«Uuskunft, Si winsche?»
«E Käffeli mit Ihne!»
Also, das war doch unverschämt, der Gipfel der Frechheit! Nein, so etwas hatte Dorli noch nie erlebt.

Und da kam die Stimme schon wieder in den schwarzen Kopfhörer. Und wieder. Und immer wieder – eine ganze Woche lang.
Zuerst war Dorli ablehnend, ein einziger Eisklotz quasi. Dann begann sie zu schmelzen, zu überlegen: «Wie sieht er wohl aus? Und ob er noch jung ist? Und was arbeitet er?»
Ach, sie grübelte über allerlei unnützes Zeugs…
Schliesslich plauderten sie über das Wetter, dann über die Fasnacht – kurz, nach zwei Monaten glühte Dorli lichterloh: Sie musste den Haiggi sehen. Unbedingt. Ein Rendezvous war rasch abgemacht: am Fasnachtsdienstag in der Heeli. Am 33er-Fest. Punkt elf Uhr in der Fischerstube. Haiggi trage einen Waggis mit riesigem Herz auf der Brust – und Dorli, nun, sie sei ein Düpfi, ein allerliebstes Düpfi. Auch mit Herz, einem heissen Herz.
Olga seufzte. Sie strich gedankenverloren über die Larve.
Der Fasnachtsdienstag kam. In der Heeli brodelte das 33er über. Dorli zwängte sich durch all die tanzenden Masken hindurch. Hinein in die Fischerstube – da stand er. Gross und mächtig. Ein Prachtwaggis mit zündrotem Zinggen und giftgrüner Perücke.
Sie tanzten und schwebten in den siebenten Fasnachtshimmel hinein – doch dann: Mitternacht. Demaskierung.
Ja, was gibt es da noch lange zu berichten? Dorli war enttäuscht! Ganz einfach enttäuscht. Ohne Perücke war der Waggis lange nicht so riesig, nein, er entpuppte sich als ach so gewöhnlicher Haiggi mit Bürstenschnitt (ausgerechnet!) und feinem Lippenschnäuzchen.
Natürlich, es war Dorlis Fehler gewesen. Sie hatte sich weiss der Himmel was vorgestellt. Und jetzt dies!
Nun, auch der Haiggi muss eine kalte Dusche bekommen haben. Nicht dass er unhöflich gewesen wäre. Nein, er lud Dorli gar zu einem Gläslein Wein ein. Aber dann – dann haben sie sich «Adieu» gesagt. Wohlverstanden «Adieu». Nicht «Auf Wiedersehen». Eine telefonische Verbindung war aufgehängt. Für immer.
Dorli zottelte nach Hause – müde und enttäuscht. Auf dem Münsterplatz legte sie die Larve auf ein Mäuerchen, um so von Frau Fasnacht und einer Telefonstimme Abschied zu nehmen.
Olga streckte die Larve der Verkäuferin hin: «Weisst du, manchmal hat

Dorli an den Waggis und an diese Larve gedacht. Sie hätte sie behalten sollen – vielleicht beide, als süss-saure Erinnerung. Aber mit der Zeit ist sie eben eine Jumpfere geworden, an der langsam der Lack abblättert – gerade wie bei diesem Düpfi hier.»
Die Verkäuferin wickelte die Larve ein: «Für das Passevite muss ich drei Franken haben. Die Larve schenke ich Ihnen. Die hätte sowieso niemand mehr gewollt...»

Autor

-minu wurde in Basel geboren, besuchte das Realgymnasium und absolvierte später die Journalistenschule der damaligen «National-Zeitung». Seit bald vierzig Jahren findet man seine Kolumnen in allen Printmedien der Schweiz. -minu ist ebenfalls Autor vieler Bücher. Er lebt in Basel, Italien und im Elsass.

Illustratorin

Rose-Marie Joray-Muchenberger
Grafiker-Fachklasse-Diplom, 18 Jahre Grafikerin in einer Grossfirma und an der SAFFA, 1958. Während 17 Jahren Lehrerin an der Fachhochschule für Gestaltung Basel und 28 Jahre Prüfungsexpertin in figürlichem Zeichnen. Mitglied der VISARTE Schweiz, der SGBK (Gesellschaft Bildender Künstlerinnen).
Seit 1968 intensive Ausstellungstätigkeit in Europa und in den USA. Illustratorin für Buchtitel, Tageszeitungen und Fachzeitschriften sowie Modezeichnerin. Langjährige Fasnachtslaternenmalerin, Kostüm- und Bühnenbildentwerferin mit Freude und Herzblut.
Nun nach 30 Jahren das «Gutzi», die Goschdym-Kischte neu aufzulegen.

Bücher von -minu im Friedrich Reinhardt Verlag

-minu's Basler Küche

3. Auflage, 96 Seiten, durchgehend farbig bebildert von Johanna Ignjatovič
Hardcover
CHF 24.80, € 16.90

ISBN 978-3-03999-026-9

Haggflaischkiechli, Götterspyys, suursiessi Darte – das sind nur einige der Basler Köstlichkeiten, die früher auf die Teller gezaubert worden sind. Die «Basler Küche» tischt uns die Hausrezepte von damals wieder auf.

Der etwas andere Alltag
Glossen von -minu

119 Seiten, mit 20 farbigen Illustrationen von Lisa Gangwisch, Hardcover
CHF 29.80, € 21.–

ISBN 978-3-7245-1417-6

Das GPS führt in die Sackgasse, dem geliebten Partner fallen die ersten grauen Haare auf und wegen der Diät gibt es schon am Frühstückstisch schlechte Laune. -minu trifft die Begebenheiten des etwas anderen Alltags mit viel Humor und ironischem Blick.